DIANE

DRAME

Représenté pour la première fois à Paris sur le Théâtre-Français
le 19 février 1852.

DIANE

DRAME EN CINQ ACTES EN VERS

PAR

ÉMILE AUGIER

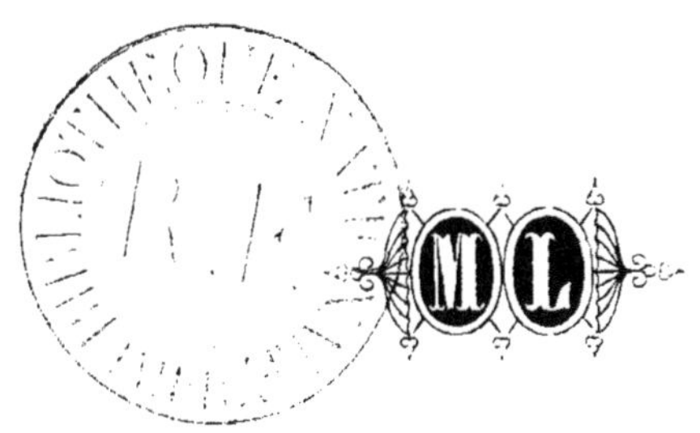

PARIS

MICHEL LÉVY FRÈRES, ÉDITEURS

RUE VIVIENNE, 2 BIS

1852

PERSONNAGES

RICHELIEU	MM.	GEFFROY
LOUIS XIII.		MAILLART
PAUL DE MIRMANDE		DELAUNAY
LE MARQUIS DE PIENNE.		BRINDEAU.
LE MARQUIS DE BOISY.		MIRECOURT
LE COMTE DE CRUAS.		CHÉRY
LE COMTE DE FARGIS.		FONTA
GRANDIN.		PROVOST
PARNAJON.		REGNIER
LAFFEMAS.		MONROSE
SAINT-JEAN, valet de chambre de M. de Pienne.		MATHIEN
L'OFFICIER DE LA PORTE.		BERTIN.
UN VALET DE LA DUCHESSE DE ROHAN.		TRONCHET
DIANE DE MIRMANDE.	Mmes	RACHEL.
LA DUCHESSE DE ROHAN.		JUDITH
MARGUERITE GRANDIN		FIX.

[illegible]

[illegible]

EXTRAIT

DES

MÉMOIRES DU CARDINAL DE RETZ

PREMIÈRE PARTIE.

M. le cardinal de Richelieu devoit tenir sur les fonts Mademoiselle (de Montpensier) qui, comme vous pouvez juger, étoit baptisée il y avoit longtemps; mais les cérémonies du baptême n'avoient pas été faites. Il devoit venir pour cet effet au Dôme (les Tuileries), où Mademoiselle logeoit, et le baptême se devoit faire dans sa chapelle. La proposition de la Rochepot fut de continuer de faire voir à Monsieur, à tous les moments du jour, la nécessité de se défaire du cardinal; de lui parler moins qu'à l'ordinaire du détail de l'action, afin d'en moins hasarder le secret; de se contenter de l'en entretenir en général et pour l'y accoutumer et pour lui pouvoir dire en temps et lieu qu'on ne la lui avoit point célée; que l'on avoit plusieurs expériences qu'il ne pouvoit lui-même être servi qu'en cette manière; qu'il l'avoit lui-même avoué à lui la Rochepot; qu'il n'y avoit donc qu'à s'associer de braves gens qui fussent capables d'une action déterminée; qu'à poster des relais sous le prétexte d'un enlèvement sur le chemin de Sedan; qu'à exécuter la chose au nom de Monsieur et en sa présence, dans la chapelle, le jour de la cérémonie; que Monsieur l'avoueroit de tout son cœur dès qu'elle seroit exécutée, et que nous les mènerions de ce pas sur nos relais à Sedan, dans un intervalle où l'abattement des sous-ministres, joint à la joie que le roi auroit d'être délivré de son tyran, auroit laissé la cour en état de songer plutôt à le rechercher qu'à le poursuivre. Voilà la vue de la Rochepot, qui n'étoit nullement impraticable, et je le sentis par l'effet que la possibilité prochaine fit dans mon esprit, tout différent de celui que la simple spéculation y avoit produit.

J'avois blâmé peut-être cent fois avec la Rochepot l'inaction de Monsieur et celle de M. le comte à Amiens. Aussitôt que je me vis sur le point de la pratique, c'est-à-dire sur le point de l'exécution de la même action dont j'avois réveillé moi-même l'idée dans l'esprit de la Rochepot, je sentis je ne sais quoi qui pouvoit être une peur. Je le pris pour un scrupule. Je ne sais si je me trompai ; mais enfin l'imagination d'un assassinat d'un prêtre, d'un cardinal, me vint à l'esprit. La Rochepot se moqua de moi, et il me dit ces propres paroles : « Quand vous êtes à la guerre, vous n'enlèveriez point de quartier de peur d'assassiner des gens endormis. » J'eus honte de ma réflexion ; j'embrassai le crime qui me parut consacré par de grands exemples, justifié et honoré par le grand péril. Nous prîmes et nous concertâmes notre résolution. J'engageai dès le soir Launoy, que vous voyez à la cour sous le nom du marquis de Pienne. La Rochepot s'assura de la Frète, du marquis de Boisy, de d'Estourville, qu'il savoit être attachés à Monsieur et enragés contre le cardinal. Nous fîmes nos préparatifs. L'exécution étoit sûre, le péril étoit grand pour nous; mais nous pouvions raisonnablement espérer d'en sortir, parce que la garde de Monsieur, qui étoit dans le logis, nous eût infailliblement soutenus contre celle du cardinal qui ne pouvoit être qu'à la porte. La fortune, plus forte que la garde, le tira de ce pas, il tomba malade, ou lui ou Mademoiselle, je ne m'en ressouviens pas précisément. La cérémonie fut différée : il n'y eut point d'occasion. Monsieur s'en retourna à Blois, et le marquis de Boisy nous déclara qu'il ne nous découvriroit jamais; mais qu'il ne pouvoit plus être de cette partie, parce qu'il venoit de recevoir je ne sais quelle grâce de M. le cardinal.

DIANE

ACTE PREMIER

Une grande salle au rez-de-chaussée, pauvrement meublée. Au fond, de larges fenêtres à petits carreaux sertis dans du plomb, fermées au dehors par des volets ; à gauche, une porte. — A droite, un escalier qui monte le long du mur aux deux tiers de la hauteur de la chambre et se termine par un petit palier sur lequel s'ouvrent une porte, à droite, et au fond une fenêtre sans volets. — En bas de l'escalier, sur la scène, une petite table avec une lampe à bec. Tout le reste de la chambre est dans l'ombre.

SCÈNE PREMIÈRE.

PARNAJON, DIANE.

Ils sont occupés autour de la table à coudre un pourpoint de velours noir. — Une horloge au dehors sonne un coup.

PARNAJON.

Une heure.

DIANE.

Où peut-il être ? Il n'a pas l'habitude
De s'attarder ainsi.

PARNAJON.

Eh ! pas d'inquiétude,
Demoiselle. La ville est sûre cette nuit,
Car tout Paris entend la messe de minuit.

DIANE.

Au fait, Paul est peut-être entré dans quelque église.

PARNAJON.

Un calviniste?

DIANE.

Eh bien! cela te scandalise?
Tu n'as rien pardonné, toi, rien mis en oubli!
Et pourtant le travail du temps s'est accompli.
Dix ans de paix, depuis nos dernières révoltes,
A nos champs dévastés ont rendu leurs récoltes;
Le sol fécond a bu le sang des deux partis
Et recouvert les morts d'une forêt d'épis.
L'homme doit oublier ce que la terre oublie,
Mon pauvre Parnajon! tout se réconcilie.

PARNAJON.

Si la terre n'a pas de mémoire, j'en ai.

DIANE.

Mais le duc de Rohan, ton chef, a pardonné.

PARNAJON.

Ce n'est pas le plus bel endroit de son histoire:
En servant son vainqueur, il déserte sa gloire.

DIANE.

C'est la France qu'il sert et non le cardinal.

PARNAJON.

Il l'aurait mieux servie en restant plus loyal
Et ne faisant pas voir à la race nouvelle
L'exemple d'un grand homme à sa cause infidèle.
Un vaincu comme lui devait avoir l'orgueil
D'honorer sa défaite en en portant le deuil.

DIANE.

Qu'au linceul de sa cause un soldat s'enveloppe
Quand la France est aux mains avec toute l'Europe !
Non ! Il est une chose au-dessus des partis,
Une chose sacrée aux grands comme aux petits,
Et qui doit réunir toutes haines en une :
C'est le danger pressant de la mère commune ;
Et malheur à quiconque, en ce pressant danger,
Connaît des ennemis autres que l'étranger !

PARNAJON.

C'est du fruit bien nouveau pour ma vieille cervelle.
Moi, je serai toujours soldat de La Rochelle.
Dans mon temps, on était sur ce point affermi
De haïr l'étranger bien moins que l'ennemi ;
Mais tout change.

DIANE.

Pourquoi gardes-tu tes idées?

PARNAJON.

Parce que je les ai jusqu'à présent gardées.
Mais votre frère est jeune, et ce nouvel honneur
Prendra facilement racine dans son cœur.

DIANE.

J'ai dû l'y déposer pour première semence :
Par l'amour du pays toute vertu commence.

PARNAJON.

Soit. Vous en avez fait un brave homme, en tous cas,
Et qui mérite bien d'être heureux.

DIANE.

N'est-ce pas ?

PARNAJON.

Mais il peut se vanter aussi d'être le frère
D'une femme, morbleu ! d'une sœur...

DIANE.

D'une mère.

PARNAJON.

Par ma foi ! c'est le mot, vous l'aimez comme un fils.

DIANE.

Quand notre père est mort...

PARNAJON.

C'était en l'an vingt-six.
Je n'y peux pas songer sans que mon cœur se fende.

DIANE.

Paul n'était qu'un enfant, moi j'étais déjà grande.

PARNAJON.

Je crois vous voir encore et votre air sérieux,
Devant qui les valets n'osaient lever les yeux.

DIANE.

Oui, j'ai toujours eu l'âme assez peu féminine.
Élevée au milieu de la guerre intestine,
Tout mon sang bouillonnait au récit d'un combat :
Mon plus beau rêve était d'être un homme, un soldat !
Alors, j'accomplissais dans ma petite tête
Mainte action d'éclat qu'on n'avait jamais faite,
Et je me composais l'héroïque idéal
De ce que j'eusse été, sans mon astre natal.
— Ce travail insensé n'a pas été stérile,
Puisque Dieu me gardait une tâche virile,
Et que si tôt, hélas ! j'allais trouver l'emploi

Des méditations qui s'amassaient en moi.
— Te la rappelles-tu, la scène solennelle
Où mon père mourant...

PARNAJON.

Si je me la rappelle ?
Étendant une main sur l'enfant étonné :
« Diane, vous dit-il, sers-lui de frère aîné...

DIANE, continuant.

« Ma fille, enseigne-lui d'abord qu'un gentilhomme
« Plus il est pauvre et plus il doit tôt se faire homme,
« Plus pour porter son nom il lui faut de vertus ;
« Car si noblesse oblige, indigence encor plus.
« Il n'a bientôt d'appui que ta jeune innocence,
« Mais si tu fais son cœur égal à sa naissance,
« Contre tous les périls dont le monde est semé
« Tu l'auras défendu, car tu l'auras armé. »
Mon père alors se tut, mais sa parole austère
Était tombée en moi comme un grain dans la terre.
Il me fit dans ses mains baiser le crucifix,
Et quand je relevai le front, j'avais un fils.

PARNAJON.

Il est mort !... ô mon maître ! ô mon compagnon d'armes !...
Bon ! je tache l'habit avec mes vieilles larmes !

Il essuie le pourpoint et ses yeux.

DIANE.

Tu pleures... c'est joli, pour un soldat !

PARNAJON.

Parbleu !
Un soldat, quand il coud, peut bien pleurer un peu.
Que de métiers il m'a fait faire, le jeune homme !

Maître d'armes, tailleur, écuyer, majordome,
Que sais-je ! En avons-nous cousu de ces habits,
Après avoir soupé d'un morceau de pain bis !

DIANE.

Nous cousons le dernier, je crois.

PARNAJON.

Dieu nous bénisse !

DIANE.

L'occasion est bonne à prendre du service,
Et le roi n'eut jamais plus besoin de soldats,
Car l'Espagnol menace encore ses États ;
Puis la guerre est partout, en Flandre, en Allemagne,
En Italie... Il faut triple armée en campagne,
Il faut des officiers. Mon frère, avec son nom,
Peut facilement être ou cornette ou guidon.

PARNAJON.

C'est le commencement. Le reste à son courage !

DIANE.

Le roi le trouvera demain sur son passage
Avec ce pourpoint neuf, le plus beau, le dernier
Que nous aurons cousu pour le cher écolier.

L'horloge sonne un coup au dehors.

Quelle heure ?

PARNAJON.

La demie.

DIANE, *tirant sa montre.*

Un peu plus à ma montre.

Elle se lève.

Pourvu qu'il n'ait pas fait de mauvaise rencontre !

PARNAJON, *se levant aussi.*

Si vous tremblez ainsi, que ferez-vous, morbleu !
Quand il tiendra campagne et qu'il verra le feu ?

DIANE.

Dieu mettra dans mon âme une force virile ;
Mais je ne lui veux pas de danger inutile.
J'entends des pas, c'est lui !

Elle ouvre la porte du fond, une femme voilée se précipite dans la chambre, suivie de quatre seigneurs un peu débraillés.

SCÈNE II.

DE FARGIS, DE BOISY, DE CRUAS, DE PIENNE, MARGUERITE, *voilée*, DIANE, PARNAJON.

MARGUERITE, *en entrant.*

Madame... ah !... sauvez-moi !

DE BOISY.

Nous la tenons.

DIANE, *s'avançant.*

Messieurs !...

DE FARGIS.

Eh bien ! la belle, quoi ?...

DE BOISY.

Nous forçons votre porte ? Où que le gibier passe,
Le chasseur peut passer, c'est le droit de la chasse.

DE CRUAS, *à Marguerite.*

Allons, biche aux abois, acceptez notre bras

MARGUERITE, *se réfugiant derrière Diane.*
Madame, au nom du ciel, ne m'abandonnez pas.

DIANE.
Calmez-vous, mon enfant. Je me croirais en faute,
Si ma pauvre maison ne défendait son hôte.
Messieurs, vous n'avez pas toute votre raison.

DE BOISY.
Elle est restée au fond du verre en garnison.

DIANE.
Eh bien! rappelez-la, messieurs, car je déclare,
Faute de ses clartés, que votre honneur s'égare;
Vous prenez un chemin qui conduit aux remords.
Regardez cette enfant, tremblant de tout son corps,
Et qui derrière moi se dérobe éperdue;
Est-ce là le maintien d'une femme perdue?
Est-ce là votre proie, ô généreux chasseurs!
Non, non! rappelez-vous vos mères et vos sœurs,
Et qui ne porte pas respect à sa famille
Attente le premier à cette jeune fille!

Moment de silence et d'hésitation parmi les seigneurs.

DE CRUAS, *entonnant la chanson de Henri IV.*
J'aimons les filles et j'aimons le bon vin...

DIANE.
Je suis chez moi! sortez, misérable, sortez!

DE CRUAS.
Ma princesse, il paraît que vous vous emportez.

DE BOISY.
Ah! voyez qu'elle est belle à se croire outragée!

DE FARGIS.
La protectrice vaut au moins la protégée.

DE CRUAS.

Si nous les emmenions toutes deux?

DE FARGIS.

Sur ma foi,
C'est dit.

DIANE.

Vous oseriez?..

DE CRUAS, s'avançant vers elle.

Nous oserions.

DIANE.

A moi,
Parnajon! Fais un mort du premier qui s'avance!

Parnajon se place devant elle, l'épée à la main.

Avant que d'arriver aux femmes sans défense,
Vous avez un vieillard à percer de vos coups :
La partie est complète et bien digne de vous!

PARNAJON.

Du courage, brigands! je suis seul contre quatre!
Ces affronteurs de femme, ils n'osent pas se battre,
Les lâches!

DE FARGIS, DE BOISY ET DE CRUAS, dégainant.

Insolent!

DE PIENNE, arrêtant leurs épées avec sa canne.

Trois contre un!

DE FARGIS.

Oui, c'est trop.
Laissez-moi châtier l'audace du maraud.

DE PIENNE.

Non! n'ensanglantons pas notre folle équipée;

Ma canne suffira contre une telle épée.
En garde, roi Priam !

PARNAJON.

Si vous croyez jouer,
Monsieur, je vous préviens que je vais vous tuer.

DE PIENNE.

Et je te préviens, moi, que ma canne en furie
Va donner sur les doigts à ta forfanterie.

DIANE.

Ne vous y trompez pas, c'est un rude jouteur.

DE PIENNE.

Nous verrons bien.

DIANE.

Messieurs, empêchez un malheur.

DE FARGIS.

C'est un trait de folie et non pas de courage.
Flamberge au vent, morbleu !

DE PIENNE.

J'aurais trop d'avantage.
Si le combat doit être inégal, il sied mieux
Que ce soit aux dépens du jeune que du vieux.

DE BOISY.

Tu mourras bêtement et seras ridicule.

DE PIENNE.

Parbleu ! je le serai bien plus si je recule.
D'ailleurs je ne suis pas encor sur le carreau.

Il pousse une botte à Parnajon.

MARGUERITE, *à Diane.*

Madame ! empêchez-les.

DIANE.

Parnajon, au fourreau.

Elle passe entre lui et de Pienne.

Mademoiselle et moi, qui l'ai prise en ma garde,
Confions notre honneur à votre sauve-garde,
Et je vous crois, monsieur, le cœur placé trop haut
Pour ne pas accepter ce périlleux dépôt.

Les seigneurs se découvrent.

DE PIENNE.

Vous n'avez pas besoin de protecteur, madame;
Votre vrai champion est votre grandeur d'âme.
De votre défenseur vous désarmez la main
Pour faire à ma retraite un honnête chemin;
Je ne me cache pas que je vous dois la vie,
Et l'exposer pour vous est toute mon envie.
Mais quel est d'entre nous celui qui maintenant
Voudrait vous offenser d'un mot impertinent?
Votre belle action nous gagnant tous les quatre
Vous fait sans ennemis que je puisse combattre,
Et je ne puis ici montrer un peu de cœur
Qu'en mettant bas l'orgueil aux pieds de mon vainqueur
Mais s'il vous faut jamais le bras d'un gentilhomme,
Souvenez-vous que c'est de Pienne qu'on me nomme.

DE FARGIS, *s'inclinant.*

Moi, de Fargis.

DE BOISY, *de même.*

Et moi, de Boisy.

DE CRUAS, *de même.*

De Cruas.

DIANE.

Merci ! mais j'ai le bras de mon frère.

PARNAJON.

Un bon bras,

Et qui connaît l'escrime avec toutes ses ruses.

DE PIENNE.

Il ne nous reste plus qu'à faire nos excuses
Du trouble que céans nous avons amené.

DIANE.

Si vous le regrettez, il vous est pardonné.

DE FARGIS.

Retirons-nous, messieurs, et saluons madame.

DE CRUAS, descendu à la gauche de Diane.

Ne saurai-je pas qui je salue ?

DIANE.

Une femme.

Ils s'inclinent tous et sortent.

SCÈNE III.

PARNAJON, DIANE, MARGUERITE.

MARGUERITE.

Ah ! madame, pourquoi n'ai-je que des discours
Pour vous remercier d'un si noble secours ?
Que vous êtes vaillante et bonne et tutélaire !

DIANE.

De telles actions ont en soi leur salaire.
C'est de Pienne, je crois, le nom de ce seigneur ?

MARGUERITE.

Oui, de Pienne, en effet.

DIANE.

C'est un homme d'honneur.

PARNAJON.

C'est égal ; celui-là vous doit un fameux cierge,
Car il allait sans vous tâter de ma flamberge.

DIANE.

Tu ne plaisantes pas, je le sais, Parnajon.

PARNAJON.

Vit-on jamais se mettre en garde avec un jonc?

MARGUERITE.

Au siége de Corbie il en a fait bien d'autres.

DIANE, *vivement.*

Qu'a-t-il fait?

MARGUERITE.

On m'a dit qu'avec quatre des nôtres...

DIANE.

Que m'importe après tout! Ne me le dites pas.

PARNAJON.

Votre père en a fait bien d'autres à Privas.

MARGUERITE.

Qui vous accuserait d'être trop curieuse,
Son accusation serait calomnieuse.

DIANE.

Qui sait!

MARGUERITE.

Cela se voit pour ce jeune homme... et puis,

Vous ne me demandez pas même qui je suis.

DIANE, souriant.

Pardon! je ne sais où j'ai l'esprit. — Je m'appelle
Diane de Mirmande. Et vous, mademoiselle?

MARGUERITE.

Marguerite Grandin.

PARNAJON, à part.

Le nom est bien bourgeois.

MARGUERITE.

Mon père est le fermier des gabelles d'Artois...

PARNAJON.

Bon! pour peu qu'il n'ait pas laissé sa ferme en friche,
Monsieur Grandin doit être assez riche.

MARGUERITE.

Très-riche.

A Diane.

Mais demandez-moi donc aussi par quel hasard
J'étais seule aujourd'hui dans la rue, et si tard?

DIANE.

Soit, je vous le demande.

MARGUERITE.

Et votre doux sourire
A des désirs d'enfant gâté semble souscrire.
Pourtant, madame, après tout ce que je vous doi
Me peut-il être égal que vous doutiez de moi?

DIANE.

Vous avez une aimable et candide nature,
Mon enfant. — Contez-moi toute votre aventure.

Elles s'asseyent près de la table.

MARGUERITE.

Eh bien! que pensez-vous de ce vilain seigneur
Dont il sort des chansons quand on frappe à son cœur?

DIANE.

Rien de bon. Sur ses traits son âme se devine.

MARGUERITE.

Il veut avec ma dot réparer sa ruine,
Et, bien qu'il soit connu pour un méchant garçon,
Mon père, qui me veut heureuse à sa façon,
Et qui ne connaît pas de bonheur préférable
A celui de porter un nom considérable,
M'a déclaré d'un ton à ne répliquer pas
Que je serais demain comtesse de Cruas.
Le désespoir m'a prise, et pour rompre ma chaîne
Je me suis résolue à fuir chez ma marraine,
Madame de Rohan, dont la protection,
Jointe à pareil éclat, rompra mon union.
La messe de minuit favorisait ma fuite:
Je me suis égarée, en sortant, de ma suite;
Mais au bout de cent pas, jugez de mon effroi,
Quand ces quatre seigneurs débouchent devant moi!
Je perds la tête et prends ma course: eux de me suivre
En riant, mais d'un pas engourdi sinon ivre,
Si bien que loin de moi je les eusse laissés
Sans la peur dont j'avais les pieds embarrassés.
Mais j'étais de fatigue et d'effroi demi-morte,
Quand par bonheur s'ouvrit devant moi votre porte.
— Je n'avais qu'à lever mon voile, et mon aspect
A ces audacieux eût rendu le respect;
Mais leur respect m'aurait reconduite à mon père

Et contrainte à l'hymen dont on me désespère;
Aussi voulais-je attendre à toute extrémité
Avant de m'immoler à votre sûreté.
Me pardonnerez-vous?

DIANE.

De vous avoir servie?

PARNAJON.

De vous remercier on a plutôt envie.
Le joli naturel de femme que voilà!

A part.

Dire qu'un financier a fait cette enfant-là!

MARGUERITE.

Écoutez donc, madame!... on ouvre la fenêtre.

Elle recule jusqu'à l'angle le moins éclairé de la chambre.

DIANE.

En effet... Parnajon!

PARNAJON.

Bah! c'est le jeune maître.

SCÈNE IV.

MARGUERITE, *dans l'ombre*, DIANE, PARNAJON, PAUL, *enjambant la fenêtre en haut de l'escalier.*

DIANE.

Que veut dire cela, monsieur? Êtes vous fou?

PAUL.

Plains-toi! Quand j'ai manqué de me casser le cou
Pour ne pas t'éveiller en frappant à la porte!
Ce sont là des égards, ou le diable m'emporte!

DIANE.

Pour ne pas m'éveiller! Croyez-vous que je dors
A ces heures de nuit quand je vous sais dehors?

PAUL.

Je t'ai dit en sortant de ne me pas attendre.

DIANE.

Hélas! c'est malgré moi; je ne peux m'en défendre.
D'où venez-vous?

PAUL.

Bonsoir.

Il ouvre la porte du palier.

DIANE.

Un moment! Descendez.

PAUL.

Si vous me dites *vous* et si vous me grondez,
C'est différent: je vais me coucher sans chandelle.

DIANE.

Mais j'ai besoin de vous.

PAUL.

Oui, pour une querelle.
Bonsoir! j'ai tant marché que j'en suis courbatu.

DIANE.

Paul, je t'en prie.

PAUL, *il descend l'escalier.*

Alors, me voici.

DIANE.

D'où viens-tu?

PAUL.

Parbleu! de voir la messe.

DIANE.

À cette heure ?

PAUL.

Sans doute.
Seulement je me suis un peu trompé de route.
Ce Paris, on s'y perd !

PARNAJON.

Oui da : cela s'est vu.

PAUL.

C'est un hasard.

DIANE.

Hasard que vous aviez prévu,
Puisque vous m'aviez dit de ne pas vous attendre.
C'est bien ! d'où vous venez je ne veux plus l'apprendre,
Car lorsque vous mentez, je dois croire et je croi,
Paul, que la vérité n'est pas digne de moi.
Sans nous plus expliquer, il est une matière
Délicate à traiter même pour une mère ;
Et par respect pour moi j'avais lieu de compter
Que vous m'épargneriez l'embarras d'en traiter.
Puisque vous n'avez pas cette délicatesse,
Je ne dirai qu'un mot, un mot plein de tristesse :
Pendant que vous cherchiez votre plaisir bien loin,
Moi je passais la nuit à finir ce pourpoint.

PAUL.

Voilà de bien grands mots pour un bien petit crime,
Ma bonne sœur. Tu peux me rendre ton estime :
Je viens tout simplement de faire le gala
Avec des écoliers de mon pays. Voilà !

DIANE.

Pourquoi tant de mystère alors et d'impostures?

PAUL.

Le cas me semblait grave avant tes conjectures;
Mais tu m'as cru si noir que la comparaison
Me fait blanc comme neige et me donne raison.

DIANE, souriant.

C'est juste.

PAUL.

Embrasse-moi, puisque tu me pardonnes.

PARNAJON.

Au lieu de régaler ces petites personnes,
Votre argent...

PAUL.

J'ai soupé sans bourse délier,
On a payé pour moi.

DIANE.

Qui donc ?

PAUL.

Un écolier.

DIANE.

Un homme de ta sorte en telle compagnie,
Ne payant pas pour tous, fait une vilenie,
Mon frère. Tu vendras ma montre ce matin
Et tu rembourseras tout le prix du festin.

PAUL.

Vendre ta montre ?

DIANE.

Eh bien ! dans ma triste demeure

Tu pourras rentrer tard, je ne saurai plus l'heure.

PAUL.

Diane !

PARNAJON.

Savez-vous quel trouble est arrivé,
Pendant que vous battiez si gaiement le pavé ?
De vos débordements voilà ce qui résulte :
Quatre hommes sont entrés qui nous ont fait insulte.

PAUL, *vivement.*

A ma sœur ! qui ?

PARNAJON.

Des gens qui sortaient d'un gala,
Comme vous.

PAUL.

Une insulte, et je n'étais pas là !

DIANE, *à part.*

Par bonheur.

PAUL.

A ma sœur ! ma sœur ! tout ce que j'aime !
Les misérables ! — Non ! misérable moi-même,
Qui ne suis bon à rien, sinon l'épée au poing,
Et qui ne suis pas là quand elle en a besoin !
Mais je découvrirai les infâmes...

DIANE.

Qu'importe !
Je ne regrette pas qu'ils aient forcé ma porte ;
Ils chassaient devant eux un ange épouvanté,
Qui pour fuir leur atteinte en mes bras s'est jeté.

A Marguerite.

Sortez de l'ombre, enfant, que mon frère vous voie.

Et rende grâce au ciel qui vers nous vous envoie;
Car je n'en doute pas, vous porterez bonheur,
Ainsi que l'hirondelle, à mon toit protecteur.

MARGUERITE.

Que cette prophétie à s'accomplir soit prompte!
Je vous offre la main, monsieur, sans fausse honte.
Celle qui nous servit, à titres différents,
De mère à tous les deux, nous fait presque parents.

PAUL, *lui baisant la main.*

Charmante parenté, dont charmant est le gage.

DIANE.

Allons, l'heure avancée au repos nous engage.
Je crois qu'il est bien tard, ou plutôt bien matin,
Pour entrer à l'hôtel de Rohan.

PARNAJON.

C'est certain.

DIANE.

Il faut que ma maison jusqu'au jour vous abrite;
Jetez-vous sur mon lit, ma belle Marguerite.

MARGUERITE.

Mais où dormirez-vous?

DIANE.

Oh! moi, je ne dors point
Avant d'avoir fini tout à fait ce pourpoint.

Elle allume une chandelle à la lampe, prend le pourpoint et entre dans sa chambre, à gauche, avec Marguerite.

SCÈNE V.

PAUL, PARNAJON.

PARNAJON.

Montons chez nous, monsieur.

PAUL.

Une charmante fille,
Parnajon !

PARNAJON.

Pas trop laide.

PAUL.

Est-elle de famille ?

PARNAJON.

En nous déshabillant je vous conterai tout ;
Mais, pour l'amour de Dieu ! montons : je dors debout.

Ils montent l'escalier.

FIN DU PREMIER ACTE.

ACTE DEUXIÈME.

Chez la duchesse de Rohan. — Riche salon du temps de Louis XIII.

SCÈNE PREMIÈRE.

LA DUCHESSE, *assise près d'une table, à gauche,*
MARGUERITE.

LA DUCHESSE.

Et cette demoiselle est belle?

MARGUERITE.

Oh! ma marraine,
Belle dans le danger d'une beauté de reine!
Si vous aviez pu voir quels yeux étincelants
Et fiers elle opposait à ces quatre insolents!
Et comme ses regards devenaient, au contraire,
Tristes et caressants à gourmander son frère...
Un jeune homme charmant, brave comme un lion,
Et tendre avec sa sœur dans sa soumission!
Il se laisse gronder comme un enfant par elle;
Mais on voit bien que c'est par bonté naturelle!
Ah! ces quatre messieurs s'en seraient mal trouvés,
S'il avait été là, quand ils sont arrivés!

LA DUCHESSE.

Où la beauté suffit, à quoi bon le courage?
La sœur mieux que le frère a conjuré l'orage.
Alors tous ces messieurs l'ont trouvée à leur goût?

MARGUERITE.

Surtout monsieur de Pienne!

LA DUCHESSE.

Ah! de Pienne surtout!

MARGUERITE.

Il a mis le premier son bras à son service.

LA DUCHESSE.

C'est très-chevaleresque! Et la belle novice
Sans doute a reçu l'offre avec empressement?

MARGUERITE.

Non, elle a refusé.

LA DUCHESSE.

Refusé? c'est charmant!

MARGUERITE.

Vous comprenez, marraine? avec un pareil frère,
Du bras d'un étranger elle n'aurait que faire.

LA DUCHESSE.

De Pienne offrait le sien sans doute avec transport?

MARGUERITE.

Avec respect.

LA DUCHESSE.

Respect? ce n'est pas là son fort.

MARGUERITE.

Diane est une femme à part.

LA DUCHESSE.

Si je l'invite,
Crois-tu qu'elle consente à me faire visite ?

MARGUERITE.

Certe ! A vous en prier j'avais quelque embarras.

LA DUCHESSE.

Pour te faire plaisir, que ne ferais-je pas ?
Sonne.

A part, en écrivant un billet, tandis que Marguerite va tirer le cordon d'une sonnette.

Je la verrai cette beauté royale,
Et je connaîtrai bien si c'est une rivale.

MARGUERITE, *à droite de la duchesse.*

Vous invitez aussi le frère ?

LA DUCHESSE.

Oui, mon enfant.
Mets l'adresse.

Marguerite écrit l'adresse ; la Duchesse à un valet qui entre.

Portez ce billet sur-le-champ.

Le valet sort.

MARGUERITE.

Ma gouvernante dit que je naquis coiffée ;
C'est tout simple, car j'ai pour marraine une fée.

LA DUCHESSE, *se levant.*

Attends la fin avant de me dire merci,
Ma baguette n'a pas grand'peine jusqu'ici ;
Mais, vois-tu, j'ai bien peur de la trouver de verre
Lorsque j'en frapperai le crâne de ton père.

MARGUERITE.

Ce crâne fut toujours de cire sous vos doigts :
Vous êtes son oracle.

LA DUCHESSE.

Oui, mignonne, autrefois.
Mais depuis qu'il connaît Gondy, l'excellent homme
S'est coiffé jusqu'au cou des Romains et de Rome.
Il est surtout de feu pour les héros têtus ;
Il voudrait condamner ses fils, comme Brutus.
Et lorsqu'il dîne seul, il s'exerce, je gage,
A braver Porsenna, la main sur son potage.

MARGUERITE.

Il brave Porsenna ?

LA DUCHESSE.

Si j'échoue, en tous cas,
Il nous reste un recours en monsieur de Cruas.

UN VALET, [illegible]

Monsieur Grandin.

LA DUCHESSE.

Va t'en, fillette. En ton absence
J'aurai meilleur marché de son indépendance.

Marguerite sort à droite.

Au valet.

Qu'il entre.

SCÈNE II.

GRANDIN, LA DUCHESSE. [illegible]

GRANDIN.

Vous voyez un père furieux.

Madame. — La santé? parfaite? bon, tant mieux!
— Qui l'aurait jamais cru que la petite bête
Prendrait sous son bonnet un pareil coup de tête?
Une enfant de seize ans me traiter en barbon!
— Et monsieur de Rohan? toujours en Saxe? bon!
— Par bonheur c'est chez vous qu'elle a cherché refuge,
Et vous allez la rendre à son père, à son juge.

LA DUCHESSE.

Vous êtes en colère à ce que je puis voir.

GRANDIN.

De bonne foi, madame, est-ce pas mon devoir?
Verrai-je le mépris des vieilles disciplines
Bouleverser les lois humaines et divines?
Chez les Romains un père était un magistrat,
Et le braver était un public attentat;
Et de ces droits sacrés lâche dépositaire...

LA DUCHESSE.

Je ne vous croyais pas autant de caractère.

GRANDIN.

Moi, madame? je suis une barre de fer,
Je ne m'en cache pas.

LA DUCHESSE.

Savez vous bien, mon cher,
Que vous avez le don de l'éloquence antique?
Vous êtes véhément.

GRANDIN.

Euh! euh!

LA DUCHESSE.

Et pathétique.

GRANDIN.

Madame la duchesse en juge obligeamment.

LA DUCHESSE.

Non ; je ne flatte pas et dis mon sentiment :
Je n'ai jamais ouï de plus vive harangue.

GRANDIN.

Encore le respect m'enchaînait-il la langue :
Autrement je me fusse emporté bien plus loin.

LA DUCHESSE.

Or çà, mon bon ami, nous sommes sans témoin,
Parlons à cœur ouvert. — Vous aimez votre fille ?

GRANDIN.

Oui, madame, je l'aime, en père de famille ;
C'est-à-dire, je l'aime avec sévérité,
Beaucoup plus que le jour. . moins que la liberté !

LA DUCHESSE.

Admirable réponse, à la fois simple et grande !
Plus vous vous révélez, et plus je me demande
Par quel secret mérite et par quelle grandeur
De Cruas près de vous s'est mis en bonne odeur.
La noblesse, à des yeux perçants comme les vôtres,
Ne peut être un mérite à n'en pas chercher d'autres.

GRANDIN.

Je ne sais de vraiment noble que la vertu.

LA DUCHESSE.

Votre prétendu gendre en est bien court vêtu,
Vous l'avouerez !

GRANDIN.

Madame, il s'agit de s'entendre :

Qu'est-ce que vous trouvez à dire dans mon gendre?

LA DUCHESSE.

Lui? c'est un homme noir.

GRANDIN.

Parce qu'on l'a noirci.

LA DUCHESSE.

Débauché!...

GRANDIN.

Le fût-il, César l'était aussi.

LA DUCHESSE.

C'est juste, et je me rends sans examen plus ample :
Car dans quelque héros chaque vice a son temple,
Et vous compareriez, pour les trouver moins laids,
Le camus à Socrate et le borgne à Coclès.

GRANDIN.

Madame la duchesse à mes dépens s'égaie.

LA DUCHESSE, *se levant.*

Vaut-il mieux appliquer le doigt sur votre plaie?
Vous êtes un poltron.

GRANDIN.

Madame!...

LA DUCHESSE.

C'est le mot.

GRANDIN.

Un poltron ne met pas son cou dans un complot.
Vous me pourriez au moins ménager l'épithète,
Quand le glaive est pendu par un fil sur ma tête.

2.

LA DUCHESSE.

Oui, si le fil rompait vous seriez en péril;
C'est pourquoi vous voulez joindre un câble à ce fil.

GRANDIN.

Quel câble entendez-vous?

LA DUCHESSE.

Jouez donc l'innocence!
Le comte de Cruas est à son Éminence,
Mon cher. Si par malheur le complot tourne mal,
Il sera bon d'avoir un gendre au cardinal.

GRANDIN.

Vous supposez?...

LA DUCHESSE.

Prenons les conjurés pour juges.

GRANDIN.

Jamais!

LA DUCHESSE.

Avouez donc, sans plus de subterfuges.

GRANDIN.

Je dois être honteux, madame, et je le suis;
Mais ce maudit complot trouble toutes mes nuits.

LA DUCHESSE.

Pourquoi donc vous y mettre?

GRANDIN.

Hélas! vous pouvez croire
Que je n'y suis entré, madame, qu'après boire.
Un soir, après souper, Gondy s'imagina,
Parce que j'admirais Brute et Catilina,
Que j'étais un gaillard de la même encolure,

Et me fit du complot une entière ouverture.
Ne me voulait-il pas tuer le lendemain?
Je ne le désarmai qu'en faisant le Romain.

LA DUCHESSE.

Ah! ah! cet engouement pour Rome n'est qu'un masque
Sous lequel se retranche un conspirateur?...

GRANDIN.

Flasque...
Hélas! oui, c'est un masque, un costume, un maintien
Fatigant à tenir, croyez-le. Je sais bien
Que je peux m'en tirer en éventant la mèche :
Mais, outre un sentiment d'honneur qui m'en empêche,
Car je ne suis pas traître, et tant pis pour qui l'est!
J'ai des jours de courage où mon rôle me plaît,
Depuis surtout, depuis que par ma politique
J'ait fait provision d'un sauveur domestique.

LA DUCHESSE.

Oui, vous vous amusez au bord d'un casse-cou
A prendre le vertige avec un garde-fou.

GRANDIN.

Ne me trahissez pas!

LA DUCHESSE.

Mais rien pour rien. J'exige
Que vous rompiez l'hymen....

GRANDIN.

Eh! madame, le puis-je?
De Cruas ne peut plus me rien être à demi ;
S'il n'est mon protecteur, il est mon ennemi.
Jugez de mon état, si pendant la tempête
Ma planche de salut me tombe sur la tête!

LA DUCHESSE.

C'est trop vous demander, mon cher, je le vois bien ;
Mais ne pourrait-on pas prendre un terme moyen ?
Si Cruas retirait sa parole lui-même?

GRANDIN.

Ce serait différent ; mais voilà le problème.

LA DUCHESSE.

Je m'en charge, mon cher ; n'en prenez pas souci.

Un valet ouvre la porte.

Quoi ?

LE VALET.

Messieurs de Fargis, de Pienne, de Boisy.

GRANDIN.

Pas un mot là-dessus à ces folles cervelles !

LA DUCHESSE.

C'est convenu.

SCÈNE III.

DE FARGIS, LA DUCHESSE, DE PIENNE, DE BOISY, GRANDIN.

LA DUCHESSE.

Bonjour, messieurs. Quelles nouvelles?

DE FARGIS.

Aucune. Le succès du Cid grandit toujours.

DE BOISY.

Marion est encor la reine des amours.

LA DUCHESSE, s'asseyant près de la table, à gauche.

Le Cid et Marion ne nous importent guère.

Nous pouvons sans danger parler de notre affaire.
— A l'endroit de Monsieur qu'avez-vous décidé?

DE FARGIS, *assis de l'autre côté de la table.*

Qu'envers lui le secret devait être gardé.
Il ne peut nous servir en rien, soyez-en sûre,
Et l'affaire d'Amiens a donné sa mesure.
Les conjurés entr'eux tenaient le cardinal;
Leurs poignards pour frapper n'attendaient qu'un signal,
Et ce mot qui devait sonner sa délivrance,
Qui lui mettait un pied sur le trône de France,
Monsieur n'osa le dire! — Un tel prince est jugé,
Et tout péril se double avec lui partagé.

DE BOISY, *assis à droite.*

C'est un homme qu'il faut servir sans qu'il le sache.

GRANDIN, *assis derrière de Boisy.*

Je ne sais pas mâcher les mots, moi: c'est un lâche.

LA DUCHESSE.

Mais il vous faut son nom.

DE PIENNE, *debout contre le fauteuil de la Duchesse.*

Eh! mon Dieu, doutez-vous,
Si nous réussissons qu'il ne soit avec nous?
Et, fût-il engagé, si l'entreprise échoue,
Madame, doutez-vous qu'il ne nous désavoue?

DE BOISY.

Tuons le cardinal; une fois le coup fait,
Nous irons à Sedan en attendre l'effet.

LA DUCHESSE.

Ainsi, vous le tuerez vous-même?

DE BOISY.

Oui, nous-mêmes.
On ne lui doit pas moins que ces honneurs suprêmes.

LA DUCHESSE.

C'est un assassinat, messieurs, en vérité.

DE PIENNE.

Le cardinal s'est mis hors de l'humanité.
Qui montra, sinon lui, le grand chemin des crimes?
Avez-vous oublié les noms de ses victimes?
Boutteville, Chalais, le grand Montmorency,
Tant d'autres! Marillac, qui demandait merci,
D'Ornano, lâchement empoisonné; je nomme
Les plus fameux de ceux qu'a fait mourir cet homme.

LA DUCHESSE.

Avec des juges.

DE PIENNE.

Soit! juges intimidés,
Quand ils n'étaient pas pris parmi ses affidés.
Et quand même, d'ailleurs, n'est-ce pas lui qui forge
Au gré de ses fureurs la loi qui nous égorge?
Nos poignards et le sien diffèrent de fourreau.
Voilà tout! notre main vaut celle du bourreau.

DE FARGIS.

Les scrupules seraient une absurde faiblesse
Dans cette guerre à mort qu'il fait à la noblesse.
Où s'arrêtera-t-il, si nous ne l'arrêtons?
Il attaquera l'arbre après les rejetons
Il a su profiter de toutes nos défaites
Pour raser nos châteaux, à défaut de nos têtes.

Il fait arme de tout pour tuer un seigneur;
Il nous rend tout mortel, jusques à notre honneur!

DE BOISY.

Il punit le duel d'un ignoble supplice.

LA DUCHESSE.

Le jugement de Dieu déplaît à sa justice.

DE PIENNE.

Ne vous y trompez pas, son plan est très-profond :
Il veut raser l'honneur, — notre dernier donjon, —
Et pour mieux assurer ses conquêtes infâmes,
Ainsi que nos châteaux, battre en brèche nos âmes.

DE BOISY.

Mort au tyran!

GRANDIN.

Plus bas!

DE BOISY.

Avez-vous peur?

GRANDIN.

Non pas.
Mort au tyran! — Mais, quoi! l'on peut crier plus bas.

DE PIENNE.

Encore si c'était à force de génie
Qu'il fait peser sur nous sa sombre tyrannie!
Mais voyez tous ses plans au désastre aboutir;
Sur le peuple épuisé l'impôt s'appesantir;
Les coffres de l'État, que la guerre ruine,
Vidés par les revers, remplis par la famine:
Partout le paysan par la misère armé,
Effroyable révolte où le peuple affamé

Vers le pain qu'il a fait et qu'on lui prend se rue,
Brandissant comme un droit le fer de sa charrue :
Les maux intérieurs au dehors redoublés ;
Nos envahissements contre nous refoulés,
Le territoire ouvert, l'ennemi dans Corbie,
Tant de sang répandu, tant de honte subie,
Voilà ce que l'on doit à cet homme fatal,
Voilà de quels malheurs est fait son piédestal.

LA DUCHESSE.

Pourquoi le secourir, quand pâlissait son astre ?

DE PIENNE.

Parce qu'il entraînait la France en son désastre,
Et que, malgré nos droits tour à tour envahis,
Nous nous croyons encor les gardiens du pays.

DE FARGIS, se levant.

Nous avons fait notre œuvre et délivré la France ;
Nous songeons maintenant à notre délivrance.

DE BOISY, se levant.

Je vous le dis, madame, il n'est pas de milieu :
C'est nous qui périssons, si ce n'est Richelieu.
Qui perd du temps perd tout contre un tel adversaire ;
Sa mort est juste enfin, puisqu'elle est nécessaire.

GRANDIN, à part.

Hélas !

DE BOISY.

Point de soupirs.

GRANDIN.

Je ne soupire point !
Ma haine des tyrans s'exhale dans un coin.
Qu'il me tarde, cordieu ! de secouer ma chaîne !

DE BOISY.

L'occasion viendra.

GRANDIN.

La croyez-vous prochaine?

LA DUCHESSE, *allant à Grandin.*

On vient, mon bon Grandin, contenez votre ardeur.

UN VALET, *annonçant.*

Monsieur le baron Paul de Mirmande et sa sœur.

LA DUCHESSE.

C'est bien.

GRANDIN.

Je prends congé, madame, avant qu'on entre.

LA DUCHESSE.

Bonsoir.

Bas à Grandin qui lui baise la main.

Il vous tardait de sortir de cet antre.

Diane et Paul paraissent sur la porte, Grandin échange un salut avec eux et sort.

SCÈNE IV.

DE FARGIS, DE BOISY, PAUL, LA DUCHESSE, DIANE, DE PIENNE.

LA DUCHESSE, *à Diane.*

Bonjour, mademoiselle. Il me fait grand plaisir
De vous voir accéder si vite à mon désir.
Mon invitation, un peu brusque peut-être,
Prouve l'empressement que j'ai de vous connaître;
Vous augmentez encore, en l'acceptant ainsi,
Les obligations qu'on vous avait ici.

DIANE.

Vous ne m'en avez plus, et tant de bonne grâce
Vous acquitte au delà, madame, et m'embarrasse ;
Je crains d'y mal répondre, et ne vois que l'aveu
De mon sot embarras qui le rachète un peu.

LA DUCHESSE.

Il le rachète au point que cette gaucherie
Pourrait bien n'être au fond qu'une coquetterie.

A de Pienne.

Remerciez-moi donc, monsieur le stupéfait.

DE PIENNE.

La rencontre me charme et m'étonne, en effet;
Mais qui vous a conté l'aventure?...

LA DUCHESSE.

L'étoile
Que vous suiviez hier tremblante sous son voile.

PAUL, à part.

Ah! voilà ces messieurs qui m'ont hier visité?
Je vais leur dire un mot.

Il passe entre de Boisy et de Pienne. — Haut :

Messieurs, j'ai regretté
De n'être pas chez moi dans cette après-soupée,
Pour faire les honneurs moi-même.

Les deux dames s'asseyent à droite.

DE PIENNE.

A coups d'épée?

PAUL.

Précisément.

DE PIENNE.

Alors, monsieur, permettez-moi,

Quoi que votre rencontre ait d'honorable en soi,
De ne pas partager vos regrets. — Votre absence
A des droits éternels à ma reconnaissance,
Car elle m'a permis un libre repentir,
Qui devant votre épée eût eu peine à sortir.

Se tournant vers Diane, qui se lève ainsi que la Duchesse.

Le respect que la sœur m'inspire est si sincère
Qu'il doit en amitié retomber sur le frère.

DE BOISY.

Comme dans le respect nous sommes de moitié,
Nous voulons l'être aussi, monsieur, dans l'amitié.

LA DUCHESSE, *à Diane.*

Vous êtes leur idole à tous.

DE FARGIS.

Sans flatterie.

DE BOISY.

Et nous sommes très-fiers de notre idolâtrie.

DIANE.

Ah ! messieurs... traitez-moi de mortelle. Je sens
Que je perds contenance au milieu de l'encens.

LA DUCHESSE.

Le fait est qu'ils ont l'air tous trois des trois rois mages.

DE BOISY.

D'autant mieux qu'une étoile a conduit nos hommages.

DE FARGIS.

Ah ! duchesse, à propos ! vous qui la connaissez,
Vous nous direz son nom.

LA DUCHESSE, *passant entre de Boisy et de Pienne.*

Êtes-vous bien pressés?
Vous le saurez bientôt.

DE FARGIS.

Pourquoi pas tout de suite?

LA DUCHESSE.

Il nous manque un témoin dont j'attends la visite.
A part, et regardant de Pienne.
Le perfide! des yeux il ne la quitte pas.
La porte du fond s'ouvre.
Tenez, c'est lui.

UN VALET, *annonçant.*

Monsieur le comte de Cruas.

SCÈNE V.

DE FARGIS, DE BOISY, LA DUCHESSE, DE CRUAS, DE PIENNE, DIANE, PAUL.

LA DUCHESSE.

Monsieur le comte!...
Au valet.
Allez avertir ma filleule.
A Cruas.
Vous êtes étonné de ne pas me voir seule?

DE CRUAS.

En effet, j'aurais cru d'après votre billet...

LA DUCHESSE.

Il nous manque quelqu'un pour être au grand complet.

DE CRUAS.

De quoi donc s'agit-il?

LA DUCHESSE.

Oh ! d'une bagatelle,
Monsieur. Mais saluez d'abord mademoiselle.

DE CRUAS.

Mademoiselle ici !

LA DUCHESSE.

Sans demander comment,
Gardez pour autre chose un peu d'étonnement.

DE CRUAS.

Autre chose ?

LA DUCHESSE.

Oui, monsieur. Votre beauté voilée
D'hier soir va paraître aux yeux de l'assemblée.

DE BOISY.

Ah ! duchesse, c'est trop nous tenir en suspens.

SCÈNE VI.

DE FARGIS, DE BOISY, DE CRUAS,
LA DUCHESSE, MARGUERITE, PAUL,
DIANE, DE PIENNE.

LA DUCHESSE, *allant à Marguerite.*

La voici.

DE CRUAS, *sombre.*

Ma future !... Ah ! c'est un guet-apens !

LA DUCHESSE.

Non, c'est un tribunal.

A Marguerite.

Explique ta conduite.

DE CRUAS.

Je ne souffrirai pas...

LA DUCHESSE.

Vous répondrez ensuite,
Monsieur, si vous pouvez ; mais sachez, en tout cas,
Que lorsqu'un Rohan parle, on ne l'interrompt pas.

A Marguerite.

Raconte comme à fuir lui-même il t'a forcée,
Comme à sa loyauté tu t'étais adressée
Pour obtenir de lui qu'il rompît un hymen
Où ton cœur ne pouvait accompagner ta main ;
Comment cette démarche est restée inutile,
Et comment tu venais me demander asile.

DE CRUAS.

Votre but est atteint et votre effet produit,
Car je n'épouse pas les coureuses de nuit.

LA DUCHESSE.

Tout beau ! parlez-en mieux.

DE CRUAS.

Tant pis pour qui s'en fâche.

PAUL, *descendant entre de Cruas et la duchesse.*

Insulter une femme est l'action d'un lâche.

DIANE.

Messieurs !

DE PIENNE, *à Diane.*

Ne craignez rien.

DE CRUAS, *à Paul.*

Votre âge vous défend ;
Je ne ramasse pas l'insulte d'un enfant.
Si l'un de ces messieurs veut la prendre à son compte...

PAUL, *à de Pienne qui fait un mouvement.*

Ah ! monsieur, n'allez pas me faire cette honte !
Si monsieur ne veut pas se baisser, mon affront
Peut grandir tout à coup et lui monter au front.

DE CRUAS.

Quand votre précepteur saura votre équipée...

PAUL.

C'est la plume d'un paon qui vous tient lieu d'épée ?

DE PIENNE, *allant à Paul.*

Bien !

DE CRUAS.

Je suis patient, mais un homme est de chair :
Ne m'échauffez donc pas les oreilles, mon cher.

PAUL.

Je vous les couperai quand elles seront chaudes !

DE CRUAS.

On punit les enfants avec des chiquenaudes...

Il fait le geste d'en donner une à Paul qui le soufflète avec son gant.

Sang-Dieu !

DE PIENNE, *à Paul.*

Bien répondu ! Nous serons vos témoins.

DIANE, *à part.*

Le malheureux enfant !

DE CRUAS, *à Paul.*

Êtes-vous noble, au moins ?

PAUL.

Je me demande, à voir ma conduite et la vôtre,
Lequel peut soupçonner la noblesse de l'autre.

DE CRUAS.

Ce ne sont que des mots. Avez-vous un garant ?

DE PIENNE.

Moi !

PAUL.

Merci !

DE CRUAS.

Vous, marquis ? alors c'est différent.
Dans une heure, à Vincenne.

(Il sort.)

SCÈNE VII.

DE FARGIS, DE BOISY, PAUL, DE PIENNE, DIANE, LA DUCHESSE, MARGUERITE.

DIANE.

O mon frère ! mon frère !

DE PIENNE, bas.

Ne lui laissez pas voir de frayeur ; au contraire.

(Il remonte.)

DIANE, bas.

C'est juste.

(A PAUL.)

Te voilà tout à fait grand garçon :
Tu viens de te montrer d'une noble façon,
Mon ami. Maintenant il s'agit de poursuivre.

PAUL.

Ne crains rien ; le Cruas n'a pas longtemps à vivre.

DIANE.

Souviens-toi des leçons de Parnajon. Surtout,
Ne t'emporte pas.

PAUL.

Non.

DIANE.

Pousse ton homme à bout,

En rompant.

PAUL.

Oui, ma sœur. Mais il faut que je parte.

DIANE.

Oui, va-t'en. — Ah! — S'il marche et que son fer s'écarte,
Le coup droit.

PAUL.

Oui, je sais tout cela mieux que toi.

DIANE.

C'est bien vrai; je suis folle! Allons, embrasse-moi.

MARGUERITE.

Vous reviendrez vainqueur, monsieur, oh! j'en suis sûre.

PAUL.

Sinon, un mot de vous guérira ma blessure.

DE PIENNE, bas à Diane.

Je serai là.

DIANE, de même.

Merci, monsieur!

PAUL, de la porte.

Ma sœur, adieu!

Les quatre hommes sortent.

SCÈNE VIII.

DIANE, MARGUERITE, LA DUCHESSE.

Quand la porte se referme, Diane, en sanglotant, tombe sur un fauteuil.

MARGUERITE.

Diane!...

LA DUCHESSE, *à Diane.*

Calmez-vous.

DIANE, *se relevant, d'une voix ferme.*

Oui, je veux prier Dieu.

FIN DU DEUXIÈME ACTE.

ACTE TROISIÈME.

Un salon fermé, chez M. de Pienne. Boiseries de chêne sculpté dans toute la hauteur. Une seule porte apparente au fond : au plafond un lustre de cuivre où brûlent six bougies de cire jaune. Un panneau à ressort à gauche. — Une porte secrète à droite, à laquelle tient un petit pupitre. Une fenêtre au fond, à gauche.

SCÈNE PREMIÈRE

SAINT-JEAN, seul.

Il est occupé à servir, dans le coin de la scène à gauche, une petite table à un seul couvert.

Monsieur a bien changé de manière de vivre.
Il mange seul, sort seul, me défend de le suivre,
Au lieu qu'il m'employait à tout auparavant.
Il se cache de moi, c'est clair. A-t-il eu vent
Des mille écus promis à moi par sa duchesse,
Si je le fais surprendre avec une maîtresse ?
Non... il m'aurait chassé. Donc il est sans soupçon.
Pourquoi se cache-t-il alors de la façon ?

SCÈNE II.

SAINT-JEAN, DE PIENNE.

DE PIENNE.

C'est bien ! tu peux sortir. Il ne me faut personne.

SAINT-JEAN.

Monseigneur ne veut pas?...

DE PIENNE, *se débarrassant de son manteau et de son chapeau.*

Tu viendras, si je sonne.

Il se met à table; Saint-Jean se dirige vers la porte.

Ah! Saint-Jean.

SAINT-JEAN.

Monseigneur

DE PIENNE.

Il doit venir ce soir
Une dame...

SAINT-JEAN, *à part.*

Je tiens ma somme.

DE PIENNE.

En voile noir.
Tu l'attendras toi-même à la porte.

SAINT-JEAN.

A laquelle?

DE PIENNE.

A la grande, parbleu! La duchesse a chez elle
Toutes les clefs de l'autre.

SAINT-JEAN.

Oui, son amour jaloux
Veut pouvoir entrer seul en cachette chez vous.
Pauvre dame!

DE PIENNE.

Tais-toi, maroufle! La personne
Qui vient ce soir n'est pas de celles qu'on soupçonne.

SAINT-JEAN.

Ah !

DE PIENNE.

Tu l'introduiras sans demander son nom.
Sois très-respectueux, tu m'entends? ou sinon
Je te chasse.

SAINT-JEAN.

Il suffit.

DE PIENNE.

Va, je n'ai pas d'autre ordre.

SAINT-JEAN, à part.

Votre aventure aura quelque fil à retordre.

Il sort.

De Pienne met les verrous à la porte du fond ; il revient vers le panneau à gauche, pousse un ressort dans la boiserie, une porte s'ouvre.

DE PIENNE.

A table, prisonnier !

SCÈNE III.

PAUL, sortant de la cachette, DE PIENNE.

PAUL.

Tètebleu ! que j'ai faim !

Il se met à table.

Savez-vous que ce trou de cachette est malsain ?

DE PIENNE.

Moins que votre estocade à Cruas.

PAUL.

Pauvre diable !

DE PIENNE.

C'était un fier gredin ! soyez moins pitoyable.

PAUL.

Il est vengé, d'ailleurs.

DE PIENNE.

Et par qui ?

PAUL.

Par ce trou,
Où depuis huit grands jours je vis comme un hibou.
Six pieds carrés de chambre où l'air et la lumière
Entrent sournoisement par une meurtrière,
Ce n'est pas gai, marquis.

DE PIENNE.

J'en conviens ; mais c'est sûr.
Espériez-vous un parc dans l'épaisseur d'un mur ?
D'ailleurs, nous vous rendrons bientôt le libre arbitre.

PAUL.

Quand et comment?

DE PIENNE.

Je suis muet sur ce chapitre ;
Ne m'interrogez pas, mais sachez seulement...

PAUL.

Oui, que je ne sais quoi doit, je ne sais comment,
Venir je ne sais quand, et cette certitude
Ne peut pas me laisser la moindre inquiétude.
Puis, vous avez un mur d'une telle épaisseur !
Enfin !

Se levant.

Avez-vous vu Marguerite et ma sœur ?

DE PIENNE.

Je les quitte.

PAUL.

Ce sont elles, en ma tanière,
Qui me manquent, bien plus que l'air et la lumière.

DE PIENNE.

Vous verrez votre sœur ce soir.

PAUL.

Où donc?

DE PIENNE.

Ici.

PAUL.

Que ne le disiez-vous tout de suite! Ah! merci!

DE PIENNE.

Elle ne pouvait plus tenir à votre absence.

PAUL.

Chère sœur! mais prenons garde à la médisance!
Si quelqu'un la voyait entrer seule, le soir,
Chez vous... Non, j'aime mieux renoncer à la voir.

DE PIENNE.

Ami, ne craignez rien. La rue est isolée,
La nuit sera très-noire et votre sœur voilée.
Croyez que son honneur m'est aussi cher qu'à vous.

PAUL.

A la bonne heure donc! La revoir m'est bien doux.
Oh! comme nous allons parler de Marguerite!
Je l'aime, savez-vous?

DE PIENNE.

Certe, elle le mérite.

PAUL.

Elle ignore où je suis?

DE PIENNE.

Chacun en fait autant...
Hors votre sœur et moi.

PAUL.

Marguerite pourtant...

DE PIENNE.

Sans traiter sottement les femmes de bavardes,
Je vous dirai que moins un secret a de gardes
Et mieux il est gardé, tout au rebours des rois...
Et c'est déjà beaucoup que le vôtre en ait trois.

PAUL.

Vous me comptez pour un?

DE PIENNE.

Et pour le moins fidèle.

PAUL.

Vous m'étonnez.

UN CRIEUR PUBLIC, au dehors.

« Arrêt de la cour criminelle,
« Qui condamne à la corde et confiscation
« De tous ses biens, pour meurtre et contravention
« Aux édits des duels, le sieur Paul de Mirmande,
« Contumace, lequel, devant qu'on l'appréhende,
« Sera pendu demain en effigie... » Un sou.

PAUL, après un silence.

Ceci me raccommode avec cet affreux trou.
Pendu! c'est déplaisant, même par contumace.

Je ne veux pas mourir en faisant la grimace,
Diable !

DE PIENNE.

Chut ! Je connais le bruit de ces talons...
Il faut que j'ouvre.

PAUL.

Ouvrez. Je gagne mes salons.

Il rentre dans sa cachette. De Pienne va ouvrir la porte du fond.

SCÈNE IV.

DE BOISY, GRANDIN, DE PIENNE, DE FARGIS.

DE FARGIS.

Bonjour, mon cher.

DE PIENNE.

Bonjour, amis. Qui vous amène ?

GRANDIN.

La patrie et l'honneur !

DE BOISY.

Silence, énergumène !
Peut-on parler ici sans peur d'être écouté ?

DE PIENNE.

Parlons bas, toutefois, pour plus de sûreté.

DE FARGIS, *à mi-voix.*

Eh bien ! le cardinal est à nous. Il se livre
Comme le criminel que le remords enivre.
Ce cauteleux tyran, s'oubliant tout à coup,
Met la tête une fois dans la gueule du loup.

Nous le tiendrons demain, sans défense, sans garde,
Chez Monsieur.

DE PIENNE.

Chez Monsieur? Vraiment? Il s'y hasarde?
Cette imprudence doit être un piége infernal.

GRANDIN, effrayé.

Croyez-vous?

DE BOISY.

Non. Il vient, en tant que cardinal,
Sur les fonts baptismaux tenir Mademoiselle,
Et naturellement la chose a lieu chez elle.

DE PIENNE.

Sa garde le suivra.

DE BOISY.

C'est aussi mon avis;
Mais celle de Monsieur occupant le logis,
Celle de Richelieu doit rester à la porte,
C'est-à-dire trop loin pour lui prêter main-forte.

DE PIENNE.

C'est vrai.

DE FARGIS.

Le cardinal une fois abattu,
Monsieur prendra parti pour nous, en doutes-tu?
Nous l'emmenons parmi le tumulte, et ses gardes
Nous ouvrent le chemin à coups de hallebardes,
Si ceux du cardinal veulent nous le barrer.
Nous trouvons des relais que je fais préparer
Sous couleur d'enlever une petite juive,
Et nous gagnons Sedan avant qu'on nous poursuive.

DE PIENNE.

C'est très-bien combiné, messieurs ; mais c'est hardi.

GRANDIN.

Reculez-vous ?

DE PIENNE.

Demain, à quelle heure ?

DE FARGIS.

A midi.

DE PIENNE.

C'est bien.

DE BOISY, passant à de Pienne.

Prends un poignard dans ta poche ; l'épée
Est gênante à tirer dans la foule attroupée.

GRANDIN, à part

C'est à faire frémir.

DE FARGIS.

Ah ! — Grandin s'est chargé
De garder les chevaux.

GRANDIN.

Oui, je suis trop âgé
Pour frapper... ma vigueur trahirait mon courage.

DE BOISY.

Et réciproquement.

DE FARGIS, à de Pienne.

Fais porter ton bagage
Demain matin chez lui, qu'il le fasse boucler.

GRANDIN, passant à de Pienne.

Non, je le bouclerai moi-même.

DE BOISY.

Sans trembler!

GRANDIN.

Morbleu! monsieur, sachez que ce n'est pas honnête
De me tarabuster quand je risque ma tête!

DE BOISY.

Vous y tenez? parbleu! vous n'êtes pas coquet!

GRANDIN, fièrement.

Je suis ce que je suis, je vous le dis tout net.

Aux autres.

Je m'emporte!...

DE FARGIS

Entre amis!... Nous allons par la ville
Avertir de Gondy, de Frète et d'Estourville.

Ils sortent.

SCÈNE V.

DE PIENNE, seul.

Nous tenons en nos mains les jours de Richelieu :
Quant aux nôtres, ensuite, ils sont aux mains de Dieu...
Car compter sur Monsieur est un enfantillage
Dont je n'ai pas voulu désarmer leur courage;
Mais pour peu qu'on nous charge, il est plus que certain
Qu'il se reposera de nous sur le destin.
Quand même il n'aurait pas horreur de la bagarre,
Son intérêt s'oppose à ce qu'il se déclare;
Car il n'y peut gagner, une fois le coup fait,
Que la haine de ceux pour qui c'est un forfait;
Tandis qu'aux yeux de tous condamnant notre trame,

Il en garde le fruit, sans en avoir le blâme.
Tant mieux donc ! cinq contre un, c'est un assassinat,
Mais cinq contre une foule après, c'est un combat ;
Et ce ne sera pas la première mêlée
Où cinq désespérés auront fait leur trouée.
Pourtant n'oublions pas qu'à tout événement,
La veille d'un combat est jour de testament :
Car des droits d'un mourant le plus digne d'envie
Est de faire un heureux des bribes de sa vie.

Il s'assied devant le petit pupitre appliqué au mur et se dispose à écrire.

Hélas ! ce testament qu'on ouvrira dans peu,
Sera le dernier gage et le premier aveu
D'un amour né d'hier, et que demain condamne
Au silence éternel, ô ma noble Diane !

SCÈNE VI.

DE PIENNE, DIANE, *voilée*, SAINT-JEAN, *introduisant.*

DE PIENNE, *à part.*

C'est elle !

SAINT-JEAN.

Monseigneur n'a pas d'ordres ?...

DE PIENNE.

Va-t'en.

SAINT-JEAN, *à part.*

Allons vite avertir madame de Rohan.

Il sort.

DE PIENNE, *à Diane qui est restée sur la porte.*

Poussez les verrous.

Il ouvre lui-même le panneau de gauche.

Paul, c'est votre sœur.

Paul s'élance sur la scène et tombe dans les bras de Diane.

SCÈNE VII.

PAUL, DIANE, DE PIENNE.

DIANE.

Mon frère !

PAUL.

Ah ! que j'avais besoin de toi pour me distraire !

DIANE.

Si tu savais combien est triste la maison,
Lorsque tu n'es pas là !

PAUL.

Pas tant que ma prison !
Pardon du mot, marquis.

DE PIENNE, qui s'est mis à écrire.

J'écris une dépêche,
Je n'entends rien.

PAUL, à Diane.

Tiens, vois ! à part la paille fraîche,
C'est un cachot.

DIANE.

Que c'est étroit ! que c'est obscur !

PAUL.

Je vis, comme un lézard, dans l'épaisseur d'un mur.

DIANE.

Pauvre lézard, captif aux fentes de sa roche,
Je vous apporte un peu de soleil… dans ma poche.
Devinez ce que c'est.

PAUL.

Je sais l'essentiel :
Puisque c'est du soleil, cela me vient du ciel.

DIANE.

Pas trop mal deviné. Tenez !

Elle lui donne un petit bouquet.

PAUL.

Des marguerites !

DIANE.

Baron, ne sont-ce pas un peu vos favorites?
Je viens de les cueillir sur un corset mignon.

PAUL.

Savait-elle pour qui ?

DIANE.

Je dois dire que non...
Mais je ne le dis pas.

PAUL.

Quel bonheur ! quelle joie !
Elle m'aime !

Allant à de Pienne.

Marquis, voyez ce que m'envoie
Marguerite.

DE PIENNE, *se levant.*

Elle sait que vous êtes ici ?

DIANE.

Rassurez-vous, monsieur ; je suis discrète aussi.
Elle croit Paul en Flandre, et j'ai pu lui promettre
D'effeuiller ce bouquet dans ma première lettre.

DE PIENNE.

A la bonne heure !

PAUL.

Eh bien! qu'en dites-vous?

DE PIENNE.

Je dis
Que voilà la prison changée en paradis.
Savourez ce bonheur goutte à goutte, en avare;
Être aimé quand on aime, hélas! c'est chose rare.

Il se rassied.

DIANE, *à part.*

Hélas!

PAUL.

Raconte-moi comment, à quel propos
Son cœur s'est confié... Rappelle toi les mots.

DIANE.

J'avais vu son amour dans son âme candide,
Comme une herbe marine au fond d'une eau limpide;
Je lui dis : « Paul vous aime, » et, cachant sa rougeur
Dans mes embrassements, elle dit : ô ma sœur!

PAUL.

Chère femme!

DIANE.

Oui, ta femme : elle est digne de l'être.
Je ne me trompe pas et j'ai pu la connaître,
Pure comme un beau jour, riante comme lui,
Véritable compagne et véritable appui,
Riche... cela n'est rien pour ta tête légère,
Mais j'en puis parler, moi, la vieille ménagère;
Il ne lui manque rien qu'un nom patricien,
Que tu lui donneras en échange du sien.

PAUL.

Comme je vais l'aimer!

DIANE.

Ah! mon frère, l'épouse
Détrônera la sœur, et je serai jalouse!
Mais tu lui laisseras, à cette pauvre sœur,
Pour y vieillir en paix, quelque coin de ton cœur.

PAUL.

Ne veux-tu pas un jour te marier toi-même?

DIANE.

Te quitter?... Et d'ailleurs, moi, personne ne m'aime.
Mais je puis être heureuse encore à ma façon,
En te voyant heureux et soignant ta maison.
J'élèverai tes fils comme j'ai fait du père...
Car ce seront des fils qui te viendront, j'espère.
Je leur enseignerai, comme je te l'appris,
Le respect de leur nom, l'amour de leur pays,
Et quand on portera la vieille fille en terre,
En somme elle aura fait sa tâche solitaire.

DE PIENNE, *cachetant son testament, à part.*

Maintenant je suis prêt.

UNE VOIX, *à la porte.*

Ouvrez, au nom du roi!

DIANE.

On vient arrêter Paul!

DE PIENNE.

Rassurez-vous; c'est moi.

DIANE, *allant à de Pienne.*

Vous?

DE PIENNE.

Gardez cet écrit. — Vous, ami, rentrez vite.
Qu'on ne nous prenne pas tous deux au même gîte.

Paul rentre dans sa cachette.

LA VOIX, *au dehors.*

Ouvrez, au nom du roi !

De Pienne va ouvrir la porte du fond.

SCÈNE VIII.

DIANE, DE PIENNE, LAFFEMAS, EXEMPTS.

DE PIENNE.

C'est monsieur Laffemas.

LAFFEMAS.

Lieutenant-criminel.

DE PIENNE.

Je ne l'ignore pas.
Qu'ai-je à faire avec vous, monsieur ?

LAFFEMAS.

Belle demande !
Vous avez à livrer le baron de Mirmande.

DIANE, *à part.*

C'est Paul !

DE PIENNE.

Il est à Gand.

LAFFEMAS.

Marquis, je suis navré
De vous dire crûment que cela n'est pas vrai ;
Et pour vous épargner des détours difficiles,

Je veux bien vous prouver qu'ils seraient inutiles.
— La sœur du fugitif, s'il s'est vraiment enfui,
Me dis-je, recevra quelque chose de lui,
Des nouvelles, par lettre ou par courrier, n'importe !
J'ai mis trois espions de planton à sa porte,
Afin que rien n'entrât chez elle à mon insu ;
Or, en huit jours, monsieur, elle n'a rien reçu.

DIANE.

Sauf monsieur, cependant.

LAFFEMAS.

Mais je ne puis admettre
Que monsieur ait été le porteur d'une lettre,
Car pourquoi le baron eût-il pris ce détour ?

DE PIENNE.

Pourquoi ? pour vous cacher l'endroit de son séjour,
Cher monsieur : il avait flairé votre malice.

LAFFEMAS.

S'il est en sûreté, que lui fait la police ?
Donc il est en danger, donc il est à Paris ;
Donc il faut le chercher, le trouver à tout prix ;
Car c'est fort important à pendre, un duelliste !
Sa sœur, ai-je pensé, nous mettra sur sa piste ;
Elle l'aime, dit-on, comme son propre enfant :
La biche conduira les limiers vers le faon.
Mes gens depuis trois jours guettent mademoiselle :
C'est la première fois qu'elle sort de chez elle,
Et nous voici ! — Monsieur, votre hôtel est cerné ;
Aucune évasion possible au condamné !
Sa présence chez vous est pour moi manifeste
Par celle de sa sœur, cela va sans conteste :

Ainsi, livrez-le-moi, ne pouvant le sauver,
Car je démolirais l'hôtel pour le trouver.

DIANE, bas à de Pienne.

Vous allez nous trahir ; faites votre visage.

Haut.

Sommes-nous délivrés de votre bavardage ?

LAFFEMAS.

J'ai tout dit.

DE PIENNE.

Eh bien ! moi, je vous dis, en un mot,
Monsieur de Laffemas, que vous êtes un sot.

LAFFEMAS.

Prenez garde !

DE PIENNE.

Un croquant !

LAFFEMAS.

Monsieur !

DE PIENNE, marchant sur lui.

Un petit cuistre !
Et je cravacherai votre trogne sinistre.

LAFFEMAS.

Monsieur, je suis en force et viens au nom du roi !

DE PIENNE.

Heureusement pour vous ! Faites donc votre emploi.
Démolissez l'hôtel que mon nom écussonne ;
Mais si par un malheur vous n'y trouvez personne,
Je vous en avertis, de la base au fronton
Vous le rebâtirez, monsieur, sous le bâton.

LAFFEMAS, *à part.*

Me serais-je trompé ? Ferais-je fausse route ?
Ils ont bien de l'audace ! — Ils en ont trop.

DIANE, *bas à de Pienne.*

Il doute.

LAFFEMAS, *à ses gens.*

A l'œuvre, mes enfants ! vous avez des marteaux ;
C'est ici qu'il doit être... enfoncez les panneaux !

DIANE, *à part.*

Il est perdu !

Une petite porte s'ouvre dans la boiserie à droite, sur le devant de la scène. La duchesse de Rohan paraît ; elle n'aperçoit d'abord que Diane ; les autres lui sont cachés par le vantail de la porte.

SCÈNE IX.

DIANE, DE PIENNE, LAFFEMAS, LA DUCHESSE, EXEMPTS.

LA DUCHESSE, *à part.*

C'est elle !

Elle avance en scène et voit Laffemas et ses gens.

Ah ! — Messieurs, que veut dire ?...

LAFFEMAS, *saluant.*

Madame la duchesse, un mot va vous instruire :
Le baron de Mirmande est ici.

LA DUCHESSE.

Depuis quand ?

LAFFEMAS.

Il n'a jamais quitté Paris.

LA DUCHESSE.

Il est à Gand.

DE PIENNE.

Monsieur n'en veut rien croire.

DIANE.

Un pur excès de zèle!

LAFFEMAS.

Si son frère est à Gand, que fait mademoiselle
Chez monsieur le marquis?

LA DUCHESSE.

C'est sa maîtresse!

DIANE.

Moi!

Sa maîtresse!

LA DUCHESSE.

Osez donc le nier!

DIANE, froidement.

Et pourquoi?

C'est vrai.

DE PIENNE, bas.

Vous vous perdez!

DIANE, de même.

Qu'importe! je le sauve!

LAFFEMAS.

Moi qui n'ai pas trouvé cela sous mon front chauve,
Imbécile! — C'est sûr, au moins, vous l'affirmez?

LA DUCHESSE.

Ils étaient tous deux seuls?

LAFFEMAS.

Tous deux seuls.

LA DUCHESSE.

Enfermés ?

LAFFEMAS.

Enfermés

LA DUCHESSE, tombant sur un fauteuil à droite.

Malheureuse ! et je doutais encore !

LAFFEMAS, à Diane.

Si ce n'est qu'une ruse, elle vous déshonore !

DIANE.

La duchesse l'a dit, et ce n'est pas un jeu ;
Son désespoir le prouve autant que mon aveu.

LAFFEMAS, à ses gens, après avoir regardé la Duchesse accablée.

En route, enfants !

DE PIENNE, allant à Laffemas.

Monsieur ! sans être gentilhomme,
Un homme comme vous peut être un galant homme.
Comprenez ce qu'un mot imprudemment lâché
Pourrait faire de tort...

LAFFEMAS.

Oui, mais j'en suis fâché :
Mon expédition du cardinal est sue.....

LA DUCHESSE.

Il faudra bien aussi qu'il en sache l'issue.

DIANE, à Laffemas.

Faites donc jusqu'au bout votre noble métier !
Je ne m'abaisse pas à demander quartier.
Emportez mon honneur que je vous abandonne ;

Dieu, qui connaît mon cœur, me juge et me pardonne.
Dites au cardinal.....

SCÈNE X.

PAUL, sortant de sa cachette, DIANE, DE PIENNE, LAFFEMAS. LA MARQUISE.

PAUL.

Que vous m'avez trouvé.

LAFFEMAS, à part.

Allons donc !

DIANE.

Il se perd, quand il était sauvé !

PAUL, passant entre Diane et de Pienne.

Ton sacrifice part d'une tendresse insigne,
Mais si je l'acceptais, je n'en serais pas digne.
J'ai déjà le remords d'avoir trop hésité
A faire aux yeux de tous luire ta pureté.

DIANE.

Cruel qui vas mourir et crois m'avoir servie !

PAUL.

Si tu sacrifiais ton honneur à ma vie,
Diane, réponds-moi, de quel élan de cœur
Sacrifierais-tu pas ta vie à mon honneur ?
Voudrais-tu me voir moins d'amour ou de courage ?

DIANE.

La fierté qui le perd, hélas ! est mon ouvrage.
Et j'aurai ce regret que, l'ayant élevé
Dans de moindres vertus, je l'eusse conservé !

PAUL.

Il vaut mieux bien mourir, ma sœur, que de mal vivre.
Adieu ! — Partons, messieurs, je suis prêt à vous suivre.

On l'emmène.

SCÈNE XI.

DIANE, DE PIENNE, LA DUCHESSE.

DE PIENNE, à la Duchesse.

Eh bien ! madame, eh bien !

LA DUCHESSE.

Hélas ! quelle leçon !
Mais je veux réparer mon odieux soupçon,
Mademoiselle.

DIANE, sortant de son immobilité.

Quoi ? quel soupçon ? Ah ! madame,
De quoi me parlez-vous ? — On m'enlève mon âme !
Mais je te défendrai jusqu'au bout, mon trésor,
Et tout n'est pas perdu, puisque je vis encor.
— Votre épée est à moi, vous me l'avez offerte,
Marquis.

LA DUCHESSE.

N'exposez pas ses jours en pure perte.

DIANE.

Ah ! laissez-moi parler, madame ! — Armez vos gens..
Non, non... La valetaille aurait peur des sergents...
Il vaut mieux embaucher des braves...

LA DUCHESSE.

Pourquoi fair

DIANE.

Vous ne comprenez pas? — pour enlever mon frère.
Nous attaquons l'escorte au pied de l'échafaud...
Oui, trente hommes et nous, c'est tout ce qu'il en faut ;
Parnajon en connaît, vous en devez connaître...
Le temps presse... Courons...

DE PIENNE.

Il est trop tard.

DIANE.

Peut-être.

DE PIENNE.

On n'organise pas si vite un coup de main.

DIANE, *avec désespoir.*

O mon Dieu !

LA DUCHESSE.

Calmez-vous !

DIANE.

Mon frère meurt demain !

DE PIENNE.

Je réponds de ses jours.

LA DUCHESSE, *à mi-voix.*

Quoi ! vous allez lui dire ?...

DE PIENNE.

Oui... Demain sous nos coups le cardinal expire.

DIANE.

A quelle heure ?

LA DUCHESSE.

A midi.

DIANE.

Mais c'est l'instant précis

Des exécutions !

LA DUCHESSE.

Nous aurons un sursis.

Au cabinet du roi l'on peut vous introduire :

L'officier de la porte est facile à séduire.

DIANE.

Qu'en pensez-vous, monsieur ? car j'ai l'esprit perdu

Et je sens sur mes yeux comme un voile étendu.

DE PIENNE.

Je vous introduirai moi-même dans le Louvre ;

Votre frère est sauvé, croyez-moi.

DIANE.

Le ciel s'ouvre !

Ah ! monsieur, qui pourra m'acquitter envers vous !

LA DUCHESSE.

Faites-nous toutes deux reconduire chez nous.

FIN DU TROISIÈME ACTE.

ACTE QUATRIÈME.

Le cabinet du roi, au Louvre. — Au fond, grandes fenêtres à embrasures par lesquelles on aperçoit l'hôtel de Nesle en face. Portes latérales. — A droite, une table chargée de papiers.

SCÈNE PREMIÈRE.

DE PIENNE, DIANE, entrant par la gauche.

DE PIENNE.

Voici le cabinet du roi.

DIANE.

Du roi de France !

DE PIENNE.

C'est le roi très-chrétien ; ayez bonne espérance.
Il ne peut refuser, sous peine de remord,
Un jour au condamné pour penser à la mort.

DIANE.

Oui. . le calme renaît dans mon âme affermie.
Je suis tranquille.

DE PIENNE.

Il est neuf heures et demie ;
Mettons une heure en tout, pour attendre le roi.

Demander le sursis, en obtenir l'octroi,
Et vous pouvez encore arriver à la porte
Du Châtelet avant que votre frère en sorte.

DIANE.

J'ai le temps.

DE PIENNE.

A midi, la mort du cardinal
Anéantit de fait l'arrêt du tribunal.

DIANE.

Hélas ! faut-il sauver mon frère par un crime ?

DE PIENNE.

C'est au salut de tous qu'on offre la victime :
La France à l'agonie exige cette mort.

DIANE.

J'ai besoin de le croire.

DE PIENNE.

Oui, soyez sans remord.
Aussi bien le dessein en est irrévocable.

DIANE.

Mais réussirez-vous ?

DE PIENNE.

Le coup est immanquable.
Quand même, entendez-vous, ceux qui vont le frapper
Y resteraient tous cinq, lui ne peut échapper.

DIANE.

Y resteraient tous cinq ? Quoi ? que voulez-vous dire ?

DE PIENNE, *avec embarras.*

En toute chose il faut toujours prévoir le pire.

DIANE.

Ah ! monsieur, vous m'avez caché votre danger.

DE PIENNE.

Dans quel but ? Suis-je pas pour vous un étranger ?
Mais que votre amitié néanmoins se rassure :
Nous sortirons de là sans une égratignure.

DIANE.

Est-il bien vrai, monsieur ?

DE PIENNE.

Vous expliquer comment,
Ce serait long ; d'ailleurs ce n'est pas le moment.
Adieu donc ! que le sort vous soit doux ou contraire,
Souvenez-vous de moi.

DIANE.

Du sauveur de mon frère !

DE PIENNE.

Et si... Mais non. Adieu, chère Diane, adieu !

A part.

Je vais mourir... Pourquoi lui faire cet aveu ?

Il sort précipitamment par la gauche.

SCÈNE II.

DIANE, *seule.*

Comme il était troublé ! De quelle voix émue
Il m'a dit cet adieu dont l'accent me remue !...
O mon Dieu, s'il m'aimait ? A quoi vais-je penser,
Et de quel fol espoir me laissé-je bercer ?
Pauvre Diane ! il faut se connaître soi-même !
Tu n'as ni les défauts ni les grâces qu'on aime,
Et Plutarque, qui fut ton mâle précepteur,
N'a laissé d'une femme en toi que la pudeur.
Les héros dont il a peuplé ta solitude
T'ont fait une trop simple et trop franche habitude,
Et bien que la nature en ton sein ait frémi,
Un homme ne peut voir en toi que son ami.
— Eh bien ! retranche-toi dans ce monde sublime
Dont l'admiration t'a faite la victime !
Pour ne pas laisser prise à de lâches regrets,
Élève ta pensée à de plus hauts objets.
Vois quelle majesté sous ces voûtes réside !
C'est ici que le sort des peuples se décide !
Que suis-je donc, grand Dieu ! dans l'ordre universel
Pour oser de ma plainte importuner le ciel ?
Comme on se sent petit dans cette chambre austère
Dont l'écho retentit aux deux bouts de la terre,
Et d'où sortent la force et le commandement,
Parmi les passions à l'entour écumant !
Cette chambre est vraiment le centre du royaume.
Plus que partout ailleurs, la France est sous ce dôme !
Salut, ô ma patrie ! ô les seules amours

Où puissent désormais se réchauffer mes jours ;
La seule passion, la seule idolâtrie
Des hommes d'autrefois, salut, ô ma patrie !
De Pienne aussi t'adore et d'un culte fervent !
Mais lui, du moins, il peut mourir en te servant,
Tandis que moi... N'importe ! à défaut de ma vie,
Je te donne mon frère, et crois t'avoir servie.
— On vient... c'est le roi... Ciel ! suivi de Richelieu !
Tout est perdu !... que faire?... Inspirez-moi, mon Dieu !
Derrière ce rideau.

Elle se jette dans l'embrasure dont elle fait retomber le rideau sur elle.

SCÈNE III.

DIANE, *cachée*, LE ROI, RICHELIEU.

LE ROI.

Je veux être le maître,
Oui, monsieur, et non plus seulement le paraître.

RICHELIEU.

Je vois avec douleur que mon maître et mon roi
Prête à mes ennemis plus de crédit qu'à moi.

LE ROI.

Je ne puis rien sentir ni penser par moi-même,
N'est-ce pas? — Grâce à vous, voilà les bruits qu'on sème.
— Non, monsieur, il n'est pas d'intrigue là-dessous ;
Personne auprès de moi ne vous a nui... que vous.
Je suis las d'obéir dans mon propre royaume,
Et de n'être d'un roi que l'ombre et le fantôme ;
Je suis las de subir l'hypocrite hauteur
D'un tyran qui devrait être mon serviteur.

A ma sujétion lorsque je me résigne
Tout le sang de mon père en mes veines s'indigne,
Et je ne sais vraiment par quelle lâcheté
Jusqu'à présent, monsieur, je vous ai supporté.

RICHELIEU.

C'est que vous me sentez salutaire à la France.
Voilà tout le secret de votre tolérance ;
Car je n'ignore pas que Votre Majesté
Dans le fond de son cœur m'a toujours détesté.

LE ROI.

Vous êtes clairvoyant.

RICHELIEU.

C'est un triste salaire,
Sire, de tant d'efforts que j'ai faits pour vous plaire.

LE ROI.

Oui, je suis un ingrat ! car, grâce à vous, j'ai pris
L'existence en dégoût et moi-même en mépris.
Quand mon front soucieux à la vitre s'appuie,
J'entends autour de moi dire : « Le roi s'ennuie. »
— Moi-même je le dis parfois. Mais si tous ceux
Qui me voient contempler la rue en paresseux,
Pouvaient comprendre alors avec quel œil d'envie
Je regarde passer le travail et la vie,
Monarque enseveli dans mon oisiveté
Et condamné par vous à l'inutilité,
Certe, ils admireraient qu'en mon âme la haine
N'ait pas vaincu plus tôt la patience humaine !
Mais la mesure est comble enfin ! L'homme et le roi
D'un égal désespoir se révoltent en moi.
Je veux me relever de cette modestie

Qui vous livrait mes dés pour jouer ma partie ;
Je ne veux plus de vous service ni conseil,
Je vous veux, en un mot, chasser de mon soleil !

RICHELIEU.

Contre un pareil discours je ne puis que me taire,
Sire. Retirez-moi des mains le ministère.
Loin de vous opposer la moindre objection,
J'ai besoin de repos, comme vous d'action ;
Car si dans la langueur votre tête se penche,
La fièvre du travail a fait la mienne blanche.
Regardez ces yeux creux, ce visage blafard :
Je n'ai que cinquante ans et suis presque un vieillard ;
Et mon médecin dit que si je continue
Ce métier dont l'ardeur me ronge et m'exténue,
J'y laisserai ma vie, et cela dans un temps
Qu'il prévoit et qu'il fixe environ à sept ans.
Je n'aurais pas rendu mon poste, mais j'embrasse
Comme faveur du ciel, Sire, votre disgrâce.

LE ROI.

Tout est donc pour le mieux, monsieur ! J'en suis ravi.

RICHELIEU.

Le roi reconnaît-il que je l'ai bien servi ?

LE ROI.

Peut-être ! — Vous aurez un grand compte à me rendre.

RICHELIEU.

Si Votre Majesté sur-le champ veut l'entendre ?...

LE ROI.

Rien ne presse.

RICHELIEU.

Pardon, Sire ! Il est très-pressant
D'être juste.

LE ROI.

Monsieur !

RICHELIEU.

Juste et reconnaissant.
Je ne m'en irai pas sur ce cruel peut-être
Que ma loyauté laisse en l'esprit de mon maître ;
Et dissiper chez lui le doute en cet endroit,
Ce n'est pas seulement mon devoir, c'est mon droit.

LE ROI.

Je retire le mot.

RICHELIEU.

Pour conserver le doute?

LE ROI.

Monsieur ! — Puisqu'il le faut, parlez. Je vous écoute.

Il s'assied à gauche.

RICHELIEU.

Quand Votre Majesté m'admit dans son conseil,
Le royaume au mourant qu'on vole était pareil.
La France s'en allait en lambeaux, démembrée
Par deux usurpateurs ardents à la curée :
Le parti huguenot, de plus en plus hardi,
Qui formait un État presque libre au Midi ;
La féodalité, de tout le sol maîtresse,
Qui mettait presque un roi dans chaque forteresse :
Si bien que la révolte à Votre Majesté,
Au lieu d'un châtiment, arrachait un traité.

LE ROI.

Je m'en souviens, monsieur.

RICHELIEU.

Pour comble de misère,
Ceux mêmes qui devaient guérir le double ulcère,
Pareils à des laquais plus qu'à des médecins,
Autour du moribond ne songeaient qu'aux larcins.
Des maux intérieurs c'était la conséquence
Que la France au dehors changeât de contenance.
L'honneur national, si cher au grand Henri,
Mourait avec le reste aux mains du favori,
Et l'État n'étant plus assez puissant ni riche
Pour mettre une barrière à la maison d'Autriche,
On ne consomma point notre honte à demi :
On attela la France au char de l'ennemi!
Ah! Sire, vous parliez du sang de votre père
Qu'en vos veines le joug d'un ministre exaspère!
C'est là qu'il aurait dû s'indigner et bouillir,
Avant que de laisser l'opprobre s'accomplir!

LE ROI.

Doutez-vous que l'honneur de la France m'émeuve?

RICHELIEU.

Comment en douterais-je? En suis-je pas la preuve?
Si vous ne l'aimiez pas, la France, avec ferveur,
Auriez-vous supporté le joug de son sauveur?
Parlons à cœur ouvert, en rompant notre chaîne :
Si vous me haïssez, je comprends votre haine.
Car Richelieu peut-être à votre place eût eu
Plus de haine que vous, Sire, et moins de vertu.

LE ROI.

Mais peut-être Louis avec votre génie
Aurait à votre place eu moins de tyrannie.

RICHELIEU.

Si je ne vous avais toujours forcé la main,
Notre œuvre à moitié faite avortait en chemin.
Dans les temps d'anarchie et de lutte où nous sommes,
Il faut violenter les choses et les hommes;
Le despotisme seul féconde le chaos;
Je veux! — L'enfantement du monde est dans ces mots.
— Et d'ailleurs, le succès a passé la souffrance!
Voyez la royauté, c'est-à-dire la France,
Assise fortement, les deux pieds appuyés
Sur les débris fumants des partis foudroyés!
Elle a pu, réduisant chez elle les divorces,
Sur l'impie étranger lancer toutes ses forces.
Ses revers au début ne m'inquiètent pas:
Elle est comme un cheval qui choppe aux premiers pas,
Mais dont l'emportement, croissant dans la carrière,
Ne connait bientôt plus ni fossé ni barrière.
Qu'on ne détourne pas sa course, et je prétends
Qu'elle prenne la tête avant qu'il soit longtemps!
Sire, je vous le dis: un grand siècle commence.
De tous côtés il s'ouvre un horizon immense;
Le monde ancien expire, et c'est de nos travaux,
Sire, que datera l'ère des temps nouveaux.
Quelle gloire à cueillir! et quelle grande chose
Fera mon successeur, s'il comprend et s'il ose!
Mais je le cherche en vain, cet esprit ferme et sûr
Qui pourra de mes plans récolter le fruit mûr,

Et j'aurai la douleur de voir tomber mon œuvre
Entre les mains d'un traître, ou celles d'un manœuvre.

LE ROI.

C'est un orgueil que rien ne saurait surpasser
De ne vous croire pas possible à remplacer.

RICHELIEU.

Sire, si je l'étais, pourquoi donc votre haine
S'est-elle en me gardant imposé tant de gêne?

LE ROI.

Si vous ne l'étiez pas, vous l'êtes aujourd'hui,
Vos solides travaux forment un point d'appui
Sur lequel l'ouvrier, même le plus novice,
Pourra d'après vos plans achever l'édifice.

RICHELIEU.

Pour moi, je ne connais propre à me succéder
Que le père Joseph.

LE ROI, se levant.

Mieux vaudrait vous garder.
Non, non: le successeur, que mon choix vous destine,
Assiste à vos travaux depuis leur origine;
Je puis entièrement m'assurer sur sa foi,
Car en un mot, monsieur, ce successeur c'est moi.

RICHELIEU.

Vous, Sire?

LE ROI.

Moi, monsieur. Qu'en pensez-vous?

RICHELIEU.

Rien, Sire.

LE ROI.

Vous me blâmez au fond et n'osez pas le dire.

RICHELIEU.

Quand mon maître résout, je ne sais qu'approuver ;
Seulement je prévois ce qui peut arriver.
Que Votre Majesté tout d'abord s'évertue
Et soutienne un moment le fardeau qui me tue,
Je le crois. Mais bientôt, sous la charge accablé,
Peut-être même aussi par des revers troublé,
Vous rouvrirez la porte aux avis d'une mère
Que vous rappellerez d'un exil nécessaire.

LE ROI.

Peut-être !

RICHELIEU.

C'est certain : vous êtes trop bon fils
Pour la traiter aussi durement que je fis.
Une fois revenue, au conseil avec elle
Rentreront votre frère et toute sa... séquelle ;
Parmi cet entourage à l'Espagne gagné,
Fléchissez un instant et tout est ruiné.
La féodalité triomphe avec l'Autriche,
Et le sol labouré par moi retourne en friche.

LE ROI.

J'admire pour combien votre sagacité
Compte dans ses calculs mon imbécillité.
Que votre inquiétude en ce point se rassure !
Je ne suis pas un roi fainéant, je vous jure,
Et j'ai pu supporter un maire du palais,
Sans être maniable à mes autres valets.

RICHELIEU.

Personne autant que moi, Sire, ne le souhaite.

Je vois, à la façon dont mon maître me traite,
Qu'il faut me retirer.

LE ROI.

Adieu, monsieur, adieu.

Il passe à droite.

RICHELIEU, *fait quelques pas vers la porte, puis revient au roi.*

Ne faites pas cela, non, Sire, au nom de Dieu!

LE ROI.

Monsieur!

RICHELIEU.

Permettez-moi l'orgueilleuse assurance
De dire que je suis nécessaire à la France!
Moi seul peux jusqu'au bout soutenir le fardeau;
Laissez-moi ce pouvoir qui me mène au tombeau.

LE ROI.

Vos dédains des grandeurs, monsieur, ne durent guère.

RICHELIEU.

Ah! Sire, il s'agit bien d'ambition vulgaire!
Pouvez-vous soupçonner d'intérêt personnel
L'homme qui veut rester dans un poste mortel?
Mais ne m'arrachez pas mon œuvre inachevée.
Sire! mon existence à ma tâche est rivée!
C'est le seul rêve humain dont je sois convaincu,
Et je dois en mourir, puisque j'en ai vécu.

LE ROI.

Quand donc permettrez-vous à mon tour que je vive?

RICHELIEU.

Que la vérité, Sire, une fois vous arrive!
Ne vous abusez pas sur votre mission :

C'est la vertu des rois que l'abnégation ;
Et n'appréhendez pas qu'elle vous rapetisse,
Sire : un homme est bien grand par un grand sacrifice.

LE ROI.

A vous toute la gloire, à moi l'obscurité !
Votre orgueil a besoin de mon humilité.

Il s'assied à droite.

RICHELIEU.

S'il faut que cet orgueil devant vous s'humilie,
Voyez ! mon front blanchi s'incline, et je supplie.
Sire, daignez sauver la France par mes mains,
Et, dépouillant tous deux les intérêts humains,
Sachons sacrifier à l'auguste patrie,
Le monarque sa haine et le sujet sa vie !

LE ROI.

Je ne peux plus !

RICHELIEU.

Eh bien ! je vous en avertis,
Vous répondrez à Dieu des malheurs du pays ;
Car, je l'affirme ici sur mon âme immortelle,
La France périra si je m'éloigne d'elle.

LE ROI, *après un silence.*

A défaut de génie, ô divin Créateur !
Donnez la patience à votre serviteur !

Il se lève.

— Régnez, si le salut de mon État l'ordonne ;
Je vous laisse le sceptre et garde la couronne.
Mais soyez assez grand, juste et victorieux
Pour que mon sacrifice ait raison à mes yeux,
Et qu'à mes successeurs l'éclat de votre gloire,
Expliquant ma conduite, absolve ma mémoire.

RICHELIEU.

Oh! Sire...

LE ROI.

Pas un mot, pas un remerciement.
Les dépêches sont là : lisez tranquillement.
Pour moi ; que les destins de la France rejettent,
Je retourne à mes chiens, — seuls amis qui me fêtent!

Il sort lentement, la tête baissée, par la droite.

SCÈNE IV.

DIANE, RICHELIEU.

RICHELIEU.

Il suit des yeux le roi et quand il est sorti :

Dans son abaissement il est plus grand que moi.
— Le royaume est sauvé! Dieu protège le roi!

DIANE, *sortant de l'embrasure.*

Monseigneur, n'allez pas chez Monsieur.

RICHELIEU.

Je demande
Qui vous êtes.

DIANE.

Je suis Diane de Mirmande.

RICHELIEU.

La sœur du condamné par contumace?

DIANE.

Hélas!
N'allez pas chez Monsieur.

RICHELIEU.

Pourquoi n'irais-je pas?

DIANE.

On doit vous y tuer.

RICHELIEU, après un silence.

Que ne laissez-vous faire?
Mon trépas tiendrait lieu de grâce à votre frère.

DIANE.

J'étais sous ce rideau pendant votre entretien
Avec Sa Majesté le roi de France.

RICHELIEU.

Eh bien?

DIANE.

Eh bien! quand Louis treize à l'État sacrifie
Sa gloire et son orgueil, — c'est-à-dire sa vie!
Puis-je commettre, moi, le public attentat
De préférer mon frère au salut de l'État?

RICHELIEU.

C'est d'un grand cœur! — Les noms des assassins, madame?

DIANE.

Vous me reconnaissez quelque grandeur dans l'âme,
Et vous me demandez des noms pour l'échafaud?

RICHELIEU.

Ne comprenez-vous pas, ces noms, qu'il me les faut?

DIANE.

Pourquoi faire?

RICHELIEU.

D'abord pour vous croire.

DIANE.

Me croire!

RICHELIEU.

C'est aisé de trahir un complot illusoire
Pour obtenir de moi des grâces en retour,
Innocenter un frère et le bien mettre en cour.
Mais ma crédulité n'est plus, certe, assez neuve
Pour payer un bienfait sans en avoir la preuve.

DIANE.

Ne me croyez donc pas et suivez votre sort.
J'aurai vainement fait un héroïque effort;
Mais je suis quitte envers ma patrie, et ma dette
Devant la trahison et la honte s'arrête.

RICHELIEU, la regardant fixement.

Je veux croire un instant à votre bonne foi;
Que pensez-vous avoir fait pour la France et moi,
En me donnant avis qu'un danger me menace,
Sans me dire par où je peux lui faire face?

DIANE.

Je l'ai dit : n'allez pas chez Monsieur.

RICHELIEU.

Mais demain
La mort s'embusquera sur un autre chemin.
S'il vous semble funeste au pays que je meure,
Sauvez-moi tout à fait, et non pas pour une heure.
Comprenez que mes jours ne seront assurés
Que par le châtiment de tous les conjurés.

DIANE.

Vous êtes averti; le reste vous regarde.

RICHELIEU.

Soit. Mais pour me tenir assidûment en garde,

Pour souffrir cette gêne attachée à mes pas,
Il faut croire au danger, et je ne le peux pas.
Raisonnez : puis-je admettre, en bonne conscience,
Que vous sacrifiiez votre frère à la France,
Et que, par un contraste étrange en vos desseins,
Vous immoliez la France à de vils assassins?
Il faudrait cependant expliquer ce problème.

DIANE, *après un silence.*

Parmi ces assassins, il en est un que j'aime.
Me croyez-vous, enfin?

RICHELIEU.

Je vous crois. — La douceur
N'obtiendra rien de vous?

DIANE.

Non plus que la rigueur.

RICHELIEU.

C'est vrai.

A part.

Ces noms pourtant, il me les faut! que faire?

Haut.

Vous sortez?

DIANE.

Je n'ai plus qu'une heure à voir mon frère.

RICHELIEU.

Ah! — Demeurez encore un instant.

Il sonne; un officier entre.

Approchez.

Il lui parle bas.

Vous m'avez compris?

L'OFFICIER.

Oui, monseigneur.

RICHELIEU.

Dépêchez.

L'officier sort.

A Diane.

Tout à l'heure j'aurai quelque chose à vous dire,
Madame ; asseyez-vous. J'ai mon courrier à lire.

Il parcourt les papiers dont la table est couverte.

DIANE, à part.

Que me réserve-t-il encore ? — Si c'était
La grâce de mon frère?... oui... bienfait pour bienfait !
Pour manquer de clémence il a trop de génie :
Tout dans ces grands cerveaux doit être en harmonie.
Je viens de le sauver ; quelle raison d'État
Le forcerait ici de se montrer ingrat?
Oui ! que le désespoir au bonheur fasse place !
Le mot que Richelieu me garde, c'est la grâce.
Autrement aurait-il le courage odieux
De me prendre l'instant suprême des adieux?
Sans doute il veut jouir de ma joie, et peut-être
Mon frère tout à coup devant moi va paraître.
Ce salaire, ô mon Dieu, je vous prends à témoin,
Qu'en faisant mon devoir je n'y prétendais point :
Mon action était si désintéressée
Qu'elle peut sans bassesse être récompensée.

LAFFEMAS, entre et dit à demi-voix à Richelieu.

Le prisonnier est là.

RICHELIEU.

Qu'il entre.

DIANE.

O monseigneur !

RICHELIEU.

Madame?

DIANE, à part.

Son regard m'a fait froid dans le cœur.

SCÈNE V.

PAUL, DIANE, RICHELIEU, LAFFEMAS, au fond.

PAUL.

Ma sœur!

RICHELIEU.

Demandez-lui votre grâce.

PAUL.

A Diane?

RICHELIEU.

Elle peut révoquer l'arrêt qui vous condamne.

PAUL.

Tu le peux... est-il vrai?

DIANE.

Silence, malheureux!

A Richelieu.

Et moi qui vous croyais clément et généreux!
Osez-vous à ce point insulter la nature
Que d'en faire un ignoble instrument de torture?
Que respectez-vous donc? — Ah! tenez, monseigneur,
N'agissez pas ainsi, pour votre propre honneur!

RICHELIEU.

Quoi donc! je me défends.

DIANE.

Lâchement !... Sur mon âme,
J'aimerais mieux mourir, moi qui suis une femme !

RICHELIEU.

Lâchement, je le sais. Je suis injuste et dur,
Je vous brise le cœur à l'endroit le plus pur ;
C'est de la barbarie et, c'est bien pis encore,
C'est de l'ingratitude, — un vice que j'abhorre :
Et tout cela, pourquoi ? Pour m'assurer trois jours
D'une vie épuisée aux deux tiers de son cours.
Mais comme en ces trois jours ma volonté féconde
Fera tenir un siècle et le destin du monde,
J'ai pour premier devoir d'être avare d'un bien
Dont je dois compte à Dieu, qui m'en a fait gardien.

DIANE.

Ah ! ne rendez pas Dieu complice d'une honte !
C'est de votre honneur seul que vous lui devez compte.
Et si votre salut veut une iniquité,
C'est signe que par Dieu vous êtes rejeté.

PAUL, (à Diane).

Quelle condition met-il donc à ma grâce ?
Car je ne comprends rien à tout ce qui se passe.

RICHELIEU.

C'est un secret entre elle et moi... secret d'État !

PAUL.

Au fait, j'en sais assez pour entrer au débat.
Puisque ma sœur hésite à racheter ma vie,
Ce que vous demandez doit être une infamie.
J'approuve son refus, et sans plus discourir...

RICHELIEU.

Vous êtes cependant bien jeune pour mourir.
A votre âge, monsieur, autant qu'il m'en souvienne,
La vie est agréable et vaut bien qu'on y tienne.

PAUL.

Oui, mais plus j'ai de jours à vivre, monseigneur,
Plus mon bail serait long avec le déshonneur.

RICHELIEU.

Quittez-vous sans regret votre sœur?

DIANE.

S'il me quitte,
Monseigneur, ma douleur nous réunira vite.

RICHELIEU.

J'y songe maintenant. Ce duel n'avait-il pas
Pour cause la future à ce pauvre Cruas,
La fille de Grandin, mademoiselle Rose?

PAUL.

Marguerite.

RICHELIEU.

Le nom n'y fait rien. Je suppose
Que vous l'épouseriez volontiers?

PAUL.

O mon Dieu!
Diane, porte-lui mon éternel adieu.
Dis-lui que je suis mort à notre amour fidèle,
Que si j'avais vécu... Pourquoi me parler d'elle!
O mon bonheur perdu! mes rêves! mes vingt ans!
Diane, sauve-moi, s'il en est encor temps.
Sauve-moi!

DIANE.

Pauvre enfant! si jeune! c'est horrible!...
Monseigneur, monseigneur, serez-vous inflexible?
Ayez pitié de nous! Si vous avez aimé...
Mais non... le cœur d'un prêtre à l'amour est fermé...
Au nom du Dieu clément! au nom de votre mère!
Ne nous séparez pas, nous sommes seuls sur terre!

RICHELIEU.

Sa grâce est en vos mains.

DIANE.

À quel prix, juste ciel!

RICHELIEU.

Pensez à sa jeunesse.

DIANE.

Oh! vous êtes cruel!

RICHELIEU.

C'est vous dont l'héroïsme à cette heure est barbare.

DIANE.

Vous le voulez? Eh bien!... mon jugement s'égare,
Mon Dieu, mon Dieu!

RICHELIEU.

Ces noms?

DIANE.

Mais quel sera leur sort?
Répondez sur l'honneur.

RICHELIEU.

Sur mon honneur? — La mort.

DIANE, après un silence, s'agenouille devant son frère.

Ne maudis pas ta sœur: c'est elle qui te tue.

Du coup qui t'abattra je dois être abattue ;
Mais le prix que cet homme impose à ta rançon
Est une abominable et double trahison.

PAUL.

Relève-toi, ma sœur. Pardonne-moi toi-même
Un instant de faiblesse à cette heure suprême.
Je le réparerai bientôt sur l'échafaud,

A Richelieu.

Et vous ne mourrez pas, monsieur, le front si haut.

RICHELIEU, *sonne; l'officier de la porte parait.*

Qu'on l'emmène !

LAFFEMAS.

Où cela, monseigneur?

RICHELIEU.

A la Grève.

Paul sort avec l'officier.

SCÈNE VI.

DIANE, RICHELIEU.

RICHELIEU.

Peut-être espériez-vous que ce n'était qu'un rêve?
Croyez-vous maintenant à la réalité?

DIANE.

Oui, monseigneur... je crois à votre cruauté.

RICHELIEU.

Au lieu de m'envoyer un impuissant reproche,
Arrachez votre frère à la mort qui s'approche ?

Vous le pouvez encor ; mais dans quelques instants,
Quand vous le voudriez, il ne serait plus temps.

DIANE.

En vain à me tenter le démon s'évertue,
Ma résolution s'est changée en statue.

RICHELIEU, *après l'avoir regardée un moment,*

Quelle tête de fer !

Il écrit.

DIANE.

Monsieur de Richelieu,
Le génie est bien grand que vous tenez de Dieu ;
Mais l'histoire dira que dans votre œuvre immense
Il manque une grandeur suprême, — la clémence !

RICHELIEU.

Pas même celle-là. Voici la grâce.

Il lui tend un parchemin.

DIANE.

Quoi !…

RICHELIEU.

Votre obstination a triomphé de moi.
Je ne commets jamais de rigueur inutile,
Et tiens la cruauté sans but pour puérile.

DIANE.

Monseigneur…

RICHELIEU.

Les instants sont précieux ; courez.
Vous me remercierez plus tard, — quand vous voudrez.

Diane sort.

SCÈNE VII.

RICHELIEU, *seul.*

Ce frère et cette sœur n'ont pas l'âme commune.
Il faut les attacher tous deux à ma fortune.

SCÈNE VIII.

LAFFEMAS, RICHELIEU.

RICHELIEU, *à Laffemas.*

Vous venez bien! — Pourquoi ce maintien consterné?

LAFFEMAS.

Votre Éminence a donc fait grâce au condamné?

RICHELIEU.

Sa sœur aime quelqu'un qui m'importe à connaître.
Soupçonnez-vous qui c'est?

LAFFEMAS.

Non. — Ah! si fait... peut-être,
Madame de Rohan était jalouse hier;
Ce n'est qu'une lueur, — mais j'y pourrai voir clair.
L'amant de la duchesse est le marquis de Pienne.

RICHELIEU.

Celui qui recélait le frère?

LAFFEMAS.

Tout s'enchaîne.

RICHELIEU.

Eh bien! si le marquis est aimé de la sœur,
Et que vous m'en donniez la preuve...

LAFFEMAS.

Oui, monseigneur,
Nous l'aurons.

RICHELIEU.

Mais j'entends une preuve bien nette,
Vous aurez la moitié de ses biens, — et sa tête.

L'OFFICIER DE LA PORTE, *entrant, par la gauche.*

Monsieur fait avertir monseigneur qu'il l'attend.

RICHELIEU.

Qu'il daigne m'excuser! — Je suis très-mal portant.

FIN DU QUATRIÈME ACTE.

ACTE CINQUIÈME.

Chez la duchesse de Rohan. — Même décoration qu'au deuxième acte.

SCÈNE PREMIÈRE.

LA DUCHESSE, DIANE, PAUL, MARGUERITE.

La Duchesse et Diane sont assises à côté l'une de l'autre à droite, Marguerite, sur un siége plus bas, est aux pieds de Diane; Paul debout, est entre elles.

MARGUERITE.

Vous ne m'avez rien dit de tout cela, marraine.

LA DUCHESSE.

À quoi bon? Un malheur, aussi tard qu'on l'apprenne,
Est toujours su trop tôt.

MARGUERITE.

Non, non. Vous avez tort,
Et ma gaîté d'hier me fait comme un remord.

LA DUCHESSE.

J'ignorais à quel point monsieur Paul t'intéresse.

MARGUERITE.

Mes regrets ne sont pas du tout à son adresse;
Mais ma chère Diane avait le cœur navré,
Son frère allait mourir, et je n'ai pas pleuré!

DIANE.

Donnez-nous votre joie, à défaut de vos larmes.

LA DUCHESSE.

Heureuse enfant! pour qui la douleur a des charmes,
On voit bien que tu n'as encor jamais souffert!
— Pour une occasion de pleurer que l'on perd,
On en retrouve cent, mignonne, sois tranquille,
Et la vie en chagrin plus qu'en joie est fertile.

MARGUERITE.

Qu'en savez-vous, marraine?

LA DUCHESSE.

Oh! par moi-même, rien,
Mais mon père l'avait entendu dire au sien.

MARGUERITE.

Quoi qu'il en soit, je suis maintenant bien heureuse.

PAUL, à gauche de Marguerite.

Pour ma sœur seulement?

MARGUERITE, avec coquetterie.

Oui.

PAUL.

Soyez généreuse;
Faites un peu semblant de ne pas me haïr.

MARGUERITE.

Je voudrais de bon cœur pouvoir vous obéir,
Mais, monsieur, ce semblant m'est impossible à faire,
Puisque je fais déjà semblant de .. du contraire.

PAUL.

O chère Marguerite!

LA DUCHESSE.

Il faut les marier.

MARGUERITE.

Mon père là-dessus va bien se récrier.

PAUL, allant à la droite de la duchesse.

Et pourquoi donc? s'il veut pour gendre un gentilhomme,
Mirmande vaut Cruas.

LA DUCHESSE.

Non pas pour le cher homme.
Cruas était fort bien auprès du cardinal.

PAUL.

Et moi, par conséquent, j'y dois être fort mal.
Pourtant il m'a fait grâce.

LA DUCHESSE.

Oh! c'est une boutade.
Il fallait qu'il se crût en effet bien malade.
Monsieur qui le traitait hier d'impertinent
Doit être convaincu par ce trait surprenant.

DIANE.

Vous ne le croyez pas capable de clémence?

LA DUCHESSE.

En état de santé? Jamais, — à moins d'urgence,
Ou pour un but caché. Dans cet esprit profond,
Le vice et la vertu, tout est à double fond.

DIANE.

Vous m'effrayez.

LA DUCHESSE.

Comment?

DIANE.

Hélas ! madame, sais-je
Si la grâce de Paul ne cache pas un piége ?

LA DUCHESSE.

Non, non, le moribond, par ce trait paternel,
A voulu seulement amadouer le ciel.

DIANE.

N'importe ! J'ai sur moi des papiers de nature
A n'être pas surpris sans funeste aventure ;
Il seraient mieux chez vous.

LA DUCHESSE.

Qu'est-ce ? Peut-on savoir ?

DIANE.

Les voici. C'est monsieur de Pienne, l'autre soir,
Qui me les a donnés à garder, quand l'escorte
De monsieur Laffemas vint assiéger la porte.

LA DUCHESSE, *se levant.*

Ils seront mieux placés dans mes mains, en effet.

PAUL, *à Marguerite.*

Que nous importe à nous ?

Ils causent à voix basse, en se promenant.

DIANE, *à la Duchesse.*

Vous rompez le cachet ?

LA DUCHESSE.

N'en ai-je pas le droit ?

DIANE, *à part.*

Oui, c'est elle qu'il aime.

LA DUCHESSE, *à part, allant à la table à gauche.*

Son testament ?

PAUL, à Marguerite, lui montrant le bouquet du troisième acte.

Ces fleurs sont votre doux emblème,
Et jusqu'à l'échafaud leur arôme fané
Comme un dernier adieu m'aurait accompagné.

MARGUERITE.

Pauvre ami !

LA DUCHESSE, à part.

Juste ciel ! il aime cette femme !

MARGUERITE, à Diane.

C'est égal : vous m'avez trahie.

DIANE.

Et je m'en blâme.
Mais le captif était si triste en sa prison !

LA DUCHESSE, à part.

O mes pressentiments, vous aviez donc raison !

MARGUERITE, à Paul.

Faut-il lui pardonner ?

PAUL.

Ce serait magnanime.

DIANE.

D'autant que je n'ai pas remords de mon crime.

MARGUERITE, sautant au cou de Diane.

Que je vous aime, vous ! que je vous sais bon gré !

DIANE, souriant.

D'être sa sœur ?

PAUL.

Hélas !

DIANE.

Va, je te le rendrai,
Ce baiser qu'elle met en dépôt sur ma joue.

A Marguerite.

Puisqu'on vous mariera, ne faites pas la moue.

MARGUERITE.

Hélas! tout n'ira pas peut-être à nos souhaits.

LA DUCHESSE, *à part.*

Elle sourit, elle est heureuse... Oh ! je la hais !

DIANE, *à la Duchesse, allant à elle.*

Ce papier?

LA DUCHESSE.

La surprise en eût été funeste,
En effet Il convient qu'entre mes mains il reste.

SCÈNE II.

LA DUCHESSE, GRANDIN, PAUL, MARGUERITE, DIANE.

LA DUCHESSE.

Bonjour, mon cher Grandin.

GRANDIN.

De Grandin, s'il vous plaît,
Madame. Je n'en suis pas moins votre valet.

LA DUCHESSE.

Je le crois. Depuis quand êtes-vous gentilhomme?

GRANDIN.

Depuis une heure au plus.

LA DUCHESSE.

Qu'en va-t-on dire à Rome?

GRANDIN.

Je m'en moque. Brutus redevient un pied-plat,
Dès l'instant que César a manqué le sénat.

LA DUCHESSE.

C'est vrai.

GRANDIN.

Bonjour, fillette. Embrasse ton vieux père.

MARGUERITE, dans les bras de son père.

Vous ne m'en voulez plus?

GRANDIN.

Non pas, diantre! au contraire.
Ton monsieur de Cruas n'était qu'un garnement...
Toutefois il est mort, parlons-en décemment.
Le charbon le plus noir fait de la cendre blanche.
J'ai d'ailleurs un parti plus propre dans ma manche.

MARGUERITE.

Hélas! j'aime quelqu'un.

GRANDIN.

Et si c'est celui-là
Que je veux te donner?

MARGUERITE.

O bonheur! — Le voilà...

GRANDIN.

Ah! ah! monsieur est donc le baron de Mirmande?

PAUL.

Oui, monsieur.

GRANDIN, *allant à Paul.*

Touchez là. Jamais je ne marchande.
Je vous donne ma fille et trois cent mille écus.
Voilà comme je suis.

PAUL.

Monsieur, je suis confus...

GRANDIN.

Et toi, mignonne, es-tu contente?

MARGUERITE.

O mon bon père!

GRANDIN.

Je me conduis en vrai gentilhomme, j'espère.

LA DUCHESSE.

Mais comment l'êtes-vous?

MARGUERITE.

Et comment savez-vous
Notre amour?

GRANDIN.

Je ferai d'une pierre deux coups.
Notre grand cardinal, ce matin de bonne heure,
M'a mandé par exprès dans sa noble demeure.
« Grandin, s'écria-t-il du plus loin qu'il me vit,
« Mon amitié pour vous à de Cruas survit.
« Je veux vous le prouver. Demandez quelque chose,
« Vous l'aurez. —Monseigneur est trop bon, et je n'ose...
« — Quand je vous dis d'oser, reprit-il, osez donc!
« Je vous accorde tout... hormis le grand cordon. »
Ma foi! je demandai des lettres de noblesse!
« Ah! dit-il, en riant, c'est où le bât vous blesse?

« Bât est le mot ! Eh bien ! cher monsieur de Grandin,
« On va vous dessangler. » Il est parfois badin.

LA DUCHESSE.

Il n'est donc pas malade ?

GRANDIN.

Oui, malade ! — Il se porte
Comme le Pont-Neuf.

LA DUCHESSE.

Ah ! — c'est étrange.

MARGUERITE.

N'importe !

GRANDIN.

« J'y mets, ajouta-t-il, une condition,
« C'est que vous consentiez à la prompte union
« De votre fille avec le baron de Mirmande.
« Ils s'aiment, m'a-t-on dit. » — Si l'amour le commande,
Répondis-je, et s'il plaît en outre à monseigneur,
Je tiens ce mariage à singulier bonheur.
Voilà comment je suis gentilhomme et beau-père.

PAUL.

O chère Marguerite !

DIANE.

Et Diane, mon frère ?

GRANDIN, allant à Diane.

Ah ! vous êtes la sœur ?. . Je vous fais compliment :
Il s'intéresse à vous, le grand homme !

LA DUCHESSE.

Comment ?

GRANDIN.

Il disait à mi-voix, se parlant à lui-même :
« Que ne puis-je aussi bien savoir celui qu'elle aime ! »

DIANE, à part.

Jamais !

GRANDIN.

Dame ! avez-vous une inclination ?

DIANE.

Non, aucune.

GRANDIN.

Tant pis ! c'était l'occasion.
Il paraît qu'il vous doit un signalé service.

LA DUCHESSE.

Lequel ?

DIANE.

Mais... je ne sais, madame.

A part.

Quel supplice !

LA DUCHESSE, à part.

Elle se trouble ?... Ah ! si...

Haut.

Ces pauvres amoureux,
Comme ils doivent avoir à bavarder entr'eux !

GRANDIN.

Dirait-on pas qu'ils ont la parole gelée ?

PAUL.

Ma foi, j'avoue...

LA DUCHESSE.

Eh bien ! prenez votre volée.

Comme un jour de printemps ce jour d'hiver est doux ;
Allez dans le jardin, bras dessus, bras dessous.

PAUL.

Voulez-vous, Marguerite ?

LA DUCHESSE.

Eh ! sans doute. Elle grille
D'entendre, comme vous de parler. — Va, ma fille.

Paul et Marguerite sortent.

SCÈNE III.

LA DUCHESSE, GRANDIN, DIANE.

GRANDIN, *les suivant des yeux avec attendrissement.*

Je les trouve jolis.

LA DUCHESSE.

Grandin !

GRANDIN.

Non, de Grandin,
Pardon !

LA DUCHESSE.

Vous les laissez aller seuls au jardin ?

GRANDIN.

Pourquoi pas ?

LA DUCHESSE.

Pourquoi pas ? et votre surveillance ?

GRANDIN.

Elle les gênerait.

LA DUCHESSE.

Vous suivrez à distance.

GRANDIN.

Il fait un froid de loup.

LA DUCHESSE.

Vous vous enrhumerez,
Voilà tout!

GRANDIN.

Mais, madame...

LA DUCHESSE.

Ils s'éloignent : courez.

Elle le pousse dehors.

SCÈNE IV.

LA DUCHESSE, DIANE.

LA DUCHESSE.

Vu l'état de santé dont jouit l'Éminence,
Son excuse d'hier est une impertinence
Il lui fallait sans doute un motif bien puissant
Pour manquer à Monsieur, premier prince du sang.
Qu'en pensez-vous?

DIANE.

Mais... oui.

LA DUCHESSE.

Ce motif ne peut être
Qu'un avis du complot donné par quelque traître.

DIANE.

Un traître aurait livré les noms des conjurés!

LA DUCHESSE.

Qui vous dit qu'en effet ils ne sont pas livrés?

DIANE.

Ils seraient arrêtés !

LA DUCHESSE, à part.

Elle est insaisissable.

Haut.

De cette trahison Grandin seul est capable.

DIANE.

Pauvre homme !

LA DUCHESSE.

Il avait peur ; et puis, tout bien pesé,
De quoi le cardinal l'a-t-il récompensé ?
Évidemment, c'est lui.

DIANE.

Je ne crois pas.

LA DUCHESSE.

L'infâme !
Je le démasquerai.

DIANE.

Ce n'est pas lui, madame.

LA DUCHESSE.

Je suis sûre que si.

DIANE.

Je vous jure que non.

LA DUCHESSE.

Alors, c'est vous.

DIANE.

C'est moi.

LA DUCHESSE.

Fière comme Junon !

Je doute cependant que votre front soutienne
Ce superbe maintien devant monsieur de Pienne.
Eh bien ! quelle pâleur se répand sur vos traits ?
Ah ! c'est que vous l'aimez !

DIANE.

Et quand je pâlirais !
L'estime du marquis vaut sans doute la peine
Qu'on ne la perde pas d'une âme bien sereine.
Et quand même, madame, elle aurait moins de prix,
L'amour seul a-t-il droit de craindre le mépris ?

LA DUCHESSE.

Jusqu'à dissimuler votre orgueil se ravale !
Mais on ne trompe pas les yeux d'une rivale.

DIANE.

Vous aimez le marquis ?

LA DUCHESSE.

Allez-vous feindre aussi
D'ignorer un mystère, hélas ! trop éclairci ?

DIANE.

Oui, car je suis chez vous. Pour dire plus encore,
Vous portez un grand nom, madame, que j'honore ;
Et si quelque secret le pouvait effleurer,
Je vous respecte assez pour vouloir l'ignorer.

LA DUCHESSE.

Laissons là le respect et son hypocrisie !
Tous les rangs sont égaux devant la jalousie.
Vous aimez le marquis, c'est tout ce que je sais :
Vous devez me haïr autant que je vous hais.

DIANE.

Moi, je ne vous hais pas, madame, et je m'étonne
Qu'à cet emportement votre âme s'abandonne.
Quand même j'aimerais monsieur de Pienne, en quoi
Puis-je attirer par là votre haine sur moi?

LA DUCHESSE.

Quand même, dites-vous?... mais ayez donc l'audace
D'attaquer une fois votre ennemie en face!
Vous n'obtiendrez de moi ni pitié ni pardon;
Tombez donc fièrement, au moins!... bravez-moi donc!

DIANE.

Ce n'est pas la fierté qui me manque. Si j'aime,
Je ne me l'ose pas avouer à moi-même:
Votre triomphe a-t-il besoin de cet aveu?
Si j'avais nom Rohan, je m'offenserais peu,
Moi, qu'une pauvre fille osât dans sa pensée
Retenir le secret d'une amour insensée.
Je le respecterais, son timide bonheur,
Ce rêve qui suffit à lui remplir le cœur,
Qui touche de si près, hélas! à la souffrance,
Et ne demande rien, pas même une espérance.
Au lieu de l'accabler de mon inimitié,
Je croirais lui devoir peut-être ma pitié.

LA DUCHESSE.

Angélique douceur!— Ce n'est pas la coutume
Des amours sans espoir d'être sans amertume!
Vous savez qu'on vous aime.

DIANE.

Ah! je jure...

LA DUCHESSE.

Eh bien! donc,
C'est moi qui vous l'apprends. Lisez ceci.

Elle lui donne le testament.

DIANE, *après avoir lu.*

Dieu bon!
Pauvre femme!

LA DUCHESSE.

A présent, comprenez-vous ma haine?
Comprenez-vous pourquoi votre perte est certaine?
Pour rentrer dans le cœur que vous avez surpris,
Je dois vous en chasser d'abord par le mépris.
Grâce au ciel, d'un seul mot je puis rompre le charme;
Vous-même avez pris soin de me fournir une arme.
Il vous coûtera cher le denier de Judas!

DIANE.

Je n'ai vendu personne, et vous n'en doutez pas.

LA DUCHESSE.

Elle a reçu le prix du marché qu'elle nie!

DIANE.

Vous ne pouvez pas croire à tant d'ignominie!

LA DUCHESSE.

N'y pas croire? Ne pas croire à mon seul espoir!
J'y crois, soyez-en sûre, et de tout mon pouvoir.

DIANE.

Hélas! je suis perdue!

LA DUCHESSE.

Oui, oui, courbez la tête!

DIANE.

Ordonnez de mon sort, madame, je suis prête.
Laissez-moi son estime, et je vous fais serment
De partir sans le voir, sans adieu seulement.

SCÈNE V.

LA DUCHESSE, DE PIENNE, DIANE.

LA DUCHESSE.

Vous arrivez à temps.

DE PIENNE.

En doutiez-vous, duchesse?
Je viens de recevoir votre ordre, et je m'empresse...

LA DUCHESSE.

Quel ordre?

DE PIENNE.

Un de vos gens ne m'est-il pas venu?

LA DUCHESSE.

Je n'ai pas envoyé.

DE PIENNE.

Mais je l'ai reconnu.

LA DUCHESSE.

N'importe! — Regardez mademoiselle en face :
Son beau front est empreint de pudeur et de grâce,
N'est-ce pas? Son regard commande le respect;
Jamais de tels dehors n'ont caché rien d'abject...
Pour attirer les cœurs elle n'a qu'à paraître :
Hé bien, ce fier visage est le masque d'un traître!

DE PIENNE.

Que veut dire cela?

LA DUCHESSE.

Cette femme, en un mot,
Au cardinal-ministre a livré le complot.

DE PIENNE.

Vous, Diane?

DIANE.

Oui, monsieur.

LA DUCHESSE.

Le voile se déchire.
Mais que dis-je, livré! c'est vendu qu'il faut dire!
Le cardinal fait grâce à son frère, et de plus,
Sa faveur le marie à trois cent mille écus.

DE PIENNE, *à Diane.*

Eh! quoi, vous vous taisez?

DIANE.

L'apparence m'accable:
Regardez-moi pourtant: ai-je l'air d'un coupable?
Je ne puis opposer d'autre preuve à l'affront
Que mon cœur qui bondit et relève mon front.

LA DUCHESSE.

La preuve est admirable! — En niant l'évidence,
A votre trahison ajoutez l'impudence!

DIANE.

Ma défense en effet sur moi peut retomber,
Et je peux me briser faute de me courber.
Mais je ne mettrai pas, dussé-je être bannie,
L'innocence à genoux devant la calomnie:

Car le pire mensonge et le pire abandon
Est d'abaisser son droit au niveau d'un pardon.
Mais vous comprendrez, vous, que la seule innocence
Sait redoubler d'orgueil devant son impuissance.
— Quoi ! vous baissez les yeux ? mais si vous vous taisez,
Je suis une impudente et vous me méprisez !
J'ai vendu le complot, comme le dit madame,
Et j'ai reçu le prix de cette vente infâme !...
— Il le croit, ô mon Dieu ! quelle preuve trouver ?...

DE PIENNE.

Je crois que vous aviez votre frère à sauver.

DIANE.

Votre attentat me l'eût rendu sans forfaiture...
Non ! je suis une lâche et vile créature,
Ou je suis sans reproche, il n'est pas de milieu :
Choisissez.

DE PIENNE.

Vous avez averti Richelieu,
Cependant.

DIANE.

A la mort j'ai voulu le soustraire,
Et je le referais, s'il était à refaire.
Si vous l'eussiez vous-même entendu, comme moi,
Prouver sa mission et son génie au roi,
Comme moi vous eussiez compris que de sa vie
Dépendait aujourd'hui le sort de la patrie,
Et vous eussiez alors brisé votre poignard,
Plutôt que d'en frapper ce sublime vieillard.

LA DUCHESSE.

Si la fable est absurde, au moins est-elle neuve.

Mais ces beaux contes-là ne se croient pas sans preuve.

DE PIENNE.

La preuve est sur son front, madame, et je la croi.
Oui, dans son fier regard je lis sa bonne foi.
Qu'elle se trompe, ou non, qu'importe! Je proclame
Que de telles erreurs partent d'une grande âme.

LA DUCHESSE.

Ah! comme vous l'aimez!

UN VALET, annonçant.

Monsieur de Laffemas.

DIANE, à part.

L'homme du cardinal ici?

LA DUCHESSE.

Je n'y suis pas.

SCÈNE VI.

LA DUCHESSE, LAFFEMAS, DE PIENNE, DIANE.

LAFFEMAS.

Madame, excusez-moi de forcer votre porte;
C'est une liberté que ma charge comporte.

A part.

Mon homme est là; le faux avis a porté coup;
Nos amoureux se vont prendre en mon piége à loup.

LA DUCHESSE.

Que voulez-vous?

LAFFEMAS.

D'abord vous offrir mon hommage.

Madame; m'acquitter ensuite d'un message,
C'est monsieur le marquis que je viens chercher.

DE PIENNE.

Moi?

LAFFEMAS.

Oui, vous êtes requis au service du roi;
Il s'agit de partir sur-le-champ pour l'armée
Avec la mission sous ce pli renfermée.

LA DUCHESSE.

Ce message guerrier dans vos mains?... Depuis quand
Les gens de robe ont-ils l'emploi d'aides de camp?

DE PIENNE.

C'est depuis que l'on voit commander sous la tente
Des gens d'église, — église en effet militante!

LAFFEMAS.

Quand le ministre accorde à quelqu'un son crédit,
Il le regarde au front et non pas à l'habit.
— Quelle est votre réponse, en un mot?

DE PIENNE.

Je refuse,
Et ferai part moi-même au roi de mon excuse.

LAFFEMAS.

Bien, monsieur! Le motif ne peut être léger
Qui vous force à céder à d'autres un danger.
D'ailleurs, votre vaillance est chose assez notoire,
Pour que vous fassiez fi d'un supplément de gloire.

DE PIENNE.

L'entreprise est donc belle?

LAFFEMAS.

Il y faut un héros;
Mais qui la tentera peut y laisser ses os.

DE PIENNE.

Quelle est-elle?

LAFFEMAS.

Oh! pardon! Elle ne se confie
Qu'à l'homme assez hardi pour y jouer sa vie.

DE PIENNE.

Assez hardi, monsieur! croyez-vous donc?...

LAFFEMAS.

Je croi
Que vous la refusez, voilà tout. Et, ma foi!
Vous faites bien ; je peux maintenant vous le dire :
Messieurs vos héritiers auraient eu lieu de rire.

DE PIENNE.

Assez!... j'accepte.

LAFFEMAS, à part.

Elle a frémi.

LA DUCHESSE, allant à de Pienne.

Non, non! marquis,
Vous avez assez fait déjà pour le pays

DE PIENNE.

On n'est quitte envers lui par aucun sacrifice ;
Tant qu'on peut le servir on lui doit son service.

DIANE.

Pourquoi prendre d'ailleurs plus d'effroi qu'il ne faut?
Le trépas n'est certain que sur un échafaud
— Vous reviendrez, monsieur; j'en garde l'espérance.

LAFFEMAS, *à part.*

Est-ce de l'héroïsme, ou de l'indifférence?

DE PIENNE.

Merci de ce langage! Il est digne de vous,
Diane; laissez-moi dire digne de nous.

LA DUCHESSE.

Oh! chez elle tout plait à votre âme ravie,
Jusqu'au peu de souci qu'elle a de votre vie!
Que ne l'épousez-vous, avant que de partir?

DE PIENNE.

Si son cœur, en effet, daignait y consentir...

LA DUCHESSE.

Ah! cruel!

Elle passe à gauche.

LAFFEMAS, *à part.*

Je le tiens.

DIANE, *à part.*

Cet homme nous observe!

DE PIENNE, *à Diane.*

Je ne sais pas quel sort la guerre me réserve;
Mais il me serait doux, en face du canon,
De penser qu'en mourant je vous laisse mon nom.
— Vous ne répondez pas?

DIANE.

Vous me voyez confuse
Devant un tel honneur, qu'il faut que je refuse:
J'aime quelqu'un.

LA DUCHESSE.

Comment?

DE PIENNE.

O mon espoir déçu !

DIANE.

Si vous m'aimiez, monsieur, c'était à mon insu.
Je ne crois pas avoir de reproche à me faire,
Et ne vous ai jamais traité que comme un frère.

DE PIENNE.

C'est vrai.

LAFFEMAS, *à part.*

Ce n'est pas lui.

DIANE.

Ne soyez pas jaloux,
Pourtant. Je suis aussi malheureuse que vous.
Celui qui pour toujours occupe ma pensée
Ignore pour toujours cette amour insensée ;
Je passerai ma vie à prier Dieu pour lui,
Sans qu'il en sache rien jamais plus qu'aujourd'hui.

DE PIENNE.

Priez aussi pour moi, priez Dieu que je meure.

A part.

Allons, il ne faut pas qu'un gentilhomme pleure.

LA DUCHESSE, *à part.*

Pas un regard pour moi, l'ingrat !

LAFFEMAS, *à part.*

J'ai du guignon.

De Pienne et Laffemas sortent.

SCÈNE VII.

LA DUCHESSE, DIANE.

DIANE, *les écoute partir, puis va vivement à la Duchesse.*
Richelieu ne sait rien des conjurés, sinon
Que j'en aime un.

LA DUCHESSE.
Ainsi, c'est pour sauver sa vie ?...
Oh ! vous êtes sublime, et je vous remercie !
Vous valez mieux que moi : je le dis sans orgueil.
Qu'est-ce que ma douleur auprès de votre deuil ?
Mon amour me fait honte à regarder le vôtre.

DIANE.
Ne nous reprochons rien, madame, l'une à l'autre.
Nous avons toutes deux bien besoin de pitié ;
Que le malheur commun nous serve d'amitié !

LA DUCHESSE.
Il reviendra celui dont vous seule êtes digne ;
A le voir votre époux un jour je me résigne.
Pour tant de dévoûment Dieu vous doit son retour.

DIANE.
J'ai mis un poison lent au cœur de son amour.
Non, ne me bercez pas d'une vaine chimère ;
Paul et Marguerite entrent, appuyés l'un sur l'autre.
Dieu s'acquitte autrement : je vais être grand'mère.

FIN.

www.ingramcontent.com/pod-product-compliance
Ingram Content Group UK Ltd.
Pitfield, Milton Keynes, MK11 3LW, UK
UKHW021059260726
13994UKWH00002B/586